JN056840

ハワイと日本の架け橋となった日本人教授

Kazuo Nishiyama
西山和夫
ハワイ大学名誉教授

港の人

はじめに

いつの間にか九十歳になってしまった自分の人生を振り返ってみると、数多くの予期せぬ出来事があり、自分でも信じられないほど恵まれた人生であったと思います。

しかし、郷里の結城の親戚や友達の反応はというと、厳しいものでした。「カズちゃんはアメリカさ行って大学の先生になっちまったってよ。そんなのウソだんべな。あのよ、カズちゃんの家はさ、十三人も子供がいて貧乏だったし、頭もそんなに良くなかったんべよ」と、はじめのうちは噂されていたようです。

実際、カズちゃんこと和夫は、一九六〇年にハワイ大学に留学してから十年後の一九七〇年、ミネソタ大学で博士号を取得していたのですが、その二年後にハワイ大学助教授として郷里に帰ったとき、近所の人たちはそれを信じられずに、変な噂を飛ばしていたのです。「ほんとか？　そんなのウソついてんだんべよ。卒業証書なんか見せてくんなかったんだからよ」とか、「はじめての日本人大学院生だったそうだからよ、どうせアメリカの先生たちに同情してもらったんだろな」とか、嫌な噂がいくつも耳に入ってきました。けれども、そのように疑われてしまったのも当然といえば当然だったのです。

なにしろ、本人もまったく夢にも思っていなかったことが実現してしまったのですから。茨城県の小さな田舎町で十三人兄妹の長男として生まれ、八歳の時に太平洋戦争が勃発し、十二歳で終戦を迎え、まさに混乱の渦中で青春時代を送り、日本人の誰もが希望も夢ももてない時代を悩み苦しんでいたひとりの人間――それが私でした。いまでも記憶に残っていますが、敗戦の悲劇とひどい食糧難でのひもじい思い、どん底の貧乏生活を嫌というほど体験し、高校時代には失望のあまり自殺さえ考えたこともありました。天皇を生神と崇拝し、戦争に勝つことを心から信じきっていた日本人の若者が、敵国だったアメリカに留学するなど、とんでもないことでした。

しかし二十七歳のとき、ハワイ大学に留学するチャンスを幸運にも摑むことができたのです。そして三十七歳の春には助教授として母校に戻ることができ、ほんとうに感激しました。それから十年後には正教授に昇進し、三十年後に六十七歳で同職から引退して、現在は名誉教授として日本やアジア圏の大学で客員教授をしたり、外国旅行に頻繁に出かけたり、大好きな執筆と読書に勤しみ、体力維持のための運動に励みながら、ハワイでの生活を楽しんでいます。

それにしても、はじめてハワイ大学に留学した当時を思い起こすと、どうしてここまでやってこられたのか、我ながら不思議に思うばかりです。留学できたはいいものの、毎日の生活は予想以上に厳しく、途中で諦めようと思ったことも、何度もありました。まず、とにかく十分なお金がありませんでした。また、全幅の信頼を置いていたハワイの友人が離婚騒動を起こしていて、留学生の私の面倒など到底見られる状態ではありませんでした。さらには、自信をもっていた自分の英語が、大学の講義についていくにはまったくの力不足だったのです。

ではどうして、数えきれない試練と困難を私が克服してこられたのか。振り返ってみると、そこには何十人もの素晴らしい人との出会いがあったのでした。窮地に追い込まれたときに出会った人、希望に燃えていたときに出会った人、驕り高ぶりを感じていたときに自省を促してくれた人——ひと口に言って、これらの人々との出会いから得た教訓に真摯に向き合い、その都度新たに努力を重ねてきたのが、私の人生なのでした。まったく、ひとりの力では絶対に不可能だったでしょうが、みなさんのおかげで、ここまで来られたのです。心から、感謝の気持ちでいっぱいです。

そういったわけで、本書は留学生としての、教授としての私の、数多くのチャレンジ体験や、人生の折々のエピソードを短く纏めたものです。「私はここまでやったんだぞ」という自慢のために書いたものではありません。アメリカ留学を考えておられる日本人の若者に、明るい希望とやる気をもってほしい――それが本書の強く望むことです。

目次

はじめに　1
第一章　英語との出会い　13
NHKラジオの「カムカム英語」　15
大塚英語塾の大塚先生　18
津田英語会での英語学習　19
第二章　クリスチャンとしての新たな人生　25
イングリッシュ・クリスチャン　27
日本クリスチャン・カレッジ　29
神学校生活　30
第三章　神学校への失望と聖職者の道の断念　33
神学校への違和感　35
柳生直行先生との出会い　38
軽井沢でのバイブル・キャンプ　39

クインビー牧師との衝突　41
転校の決意　43
津田スクール・オヴ・ビジネスへの転校　44

第四章　パンアメリカン航空会社勤務とアメリカ留学の夢　47
パンアメリカン航空会社の入社試験と面接　49
新入社員教育と旅客課業務　52
アメリカ留学のきっかけとなったファミリアライゼイション・トリップ　58

第五章　ハワイ大学留学と予期せぬ苦難　63
帰国後すぐに留学準備を開始　65
予期せぬ苦難　68
ローチさん夫妻の救いの手　71

第六章　ハワイ大学での学業とハウスボーイのアルバイト　75
最初の学期　77

日本人学生代表としてハワイ大学主催の教育者大会でスピーチ　82
ハウスボーイのアルバイトの苦労　84
父の西山紬店の倒産と帰国願い　88
第七章　ハワイ大学での学士号取得　91
長期留学の決断と山隈健二記念奨学金　93
スピーチ学専攻の決心　94
言語障碍者の発声訓練クラス　96
旅行会社への転職　98
第八章　日系二世女性と結婚、そしてハワイ永住へ　103
結婚と長男誕生　105
小さな恩返しと新たなキャリアへの挑戦　109
ミネソタ大学のハウエル教授との出会い　113
第九章　ミネソタ大学での博士号取得まで　117

学生生活のはじまり　119
大学での毎日と家族サービス　122
論文研究開始前のコースワーク　124
論文研究の指導教員と調査のための東京滞在　126
ハワイ大学就職の思いがけないきっかけ　128
アンケート調査のデータ分析と論文執筆　129
ファイナル・ディフェンスの厳しさ　130

第十章　ハワイでの教育活動からアジアへ　133
ハワイ大学での教育活動　135
ハワイに帰った家族の生活　137
JAIMSのコンサルタントとなる　138
一九七四夏、東南アジア訪問と異文化研究　140

第十一章　ハワイと日本の架け橋となる　145
通訳能力と旅行会社経験を生かして　147

東海大学との交流　151
東海大学パシフィック・センター創立に携わる　154
東海大学本部とのすれ違いとハワイ大学への帰還　157

第十二章　香港とシンガポールでの客員教授経験　161
香港大学での経験　163
香港での生活　164
香港の出稼ぎ労働者たち　166
シンガポール・南洋理工大学での経験　168
シンガポールの歴史と人間関係　172

エピローグ　175

第一章　英語との出会い

NHKラジオの「カムカム英語」

太平洋戦争中、英語は敵国の言葉とされ、英語を学ぶことや話すことはとりわけ厳しく禁じられていました。当然、英語の本や辞書は販売を禁止されるばかりか、書斎にある英語の本なども焼き捨てるよう、軍部から命令されました。

ところが、終戦と同時に英語の必要性が説かれるようになり、誰も彼もが英語を学びはじめたのです。占領軍の指示もあって、公立高校では英語が必須科目となり、五十人以上もいるクラスで、ひとりの先生が英会話を教えていました。私もその生徒たちのなかのひとりでした。

私がはじめて英語に出会ったのは、茨城県立結城第一高校の一年生のときでした。最初は全然興味がありませんでしたが、ある日の夕方、童謡の《証城寺の狸囃子》ではじまるＮＨＫのラジオ番組を耳にしたのです。それは平川唯一先生がやさしい英会話を毎日十五分教えてくださる番組、「カムカム英語」の愛称で親しまれていた『英語会話』でした。高校の英語講座とまったくちがってとっても面白かったこの番組を、それからは欠かさず聴くようになりました。

この英会話番組には小冊子があって、一日分の実用英会話は二頁ほどでした。それを毎日、前日の分を復習し、当日の分も予習して、全部丸暗記することにしたのです。声に出して練習するものですから、家族の人からも隣家の人からも、「カズちゃんの英語の勉強がまたはじまった」と笑われたものでした。そんなときには、愛犬のチビを連れて近くの雑木林に行き、大声で英語の練習をしました。

あの頃はＮＨＫのラジオだけが公共の通信手段で、ラジオ放送だけが頼りでした。そのほかにも、在日進駐軍兵士のための FAR EAST NETWORK があり、英語のラジオ放送を聴くことはできたのですが、まったく理解できませんでした。でも、ヒアリング練習のために少しずつ聴く努力をしたことを覚えています。

当時の高校や大学では、英語の勉強を盛んにするために、ENGLISH SPEAKING SOCIETY（E・S・S）を部活として取り入れてもいました。私の最初のE・S・S経験は、茨城県立第二女子高校での勉強会でしたが、女性メンバーの皆は私よりもはるかに英会話が上手で、大恥をかいて帰りました。

そこで挫折してしまうのは悔しいので、そのクラブのメンバーのひとりだった長島君と話をつけ、毎日二人で会うときは英語だけを話すことを約束しました。ところが、お互いに英語の語彙が乏しく、限られた単語を使って話をするばかりでした。たぶん、習ったばかりのＮＨＫラジオ講座の内容をただただ繰り返すような、滑稽な会話だったことでしょう。そしてそんな英語を道端で一心に話している二人の高校生は、傍らを通る人たちからすれば狂人のように映ったにちがいありません。そんなわけで、近所の人から「英語気違い」というニックネームをつけられたのでした。

この「英語気違い」の評判は、近所だけでなく高校の同級生たちにも知れ渡り、ときどき他の生徒から英語の宿題を頼まれたりしました。けれども同級生全員が自分の「英語気違い」を黙認してくれたわけではなく、少数の意地悪な生徒に虐められることもありました。休み時間に外に出ないで英語の勉強をしていると、本や辞書の載った私の机を蹴飛ばしたり、何度もなじってきたりするのです。そんな立場に置かれたことで、私はむしろもっと英語に熱中するようになり、寝言も英語で言うほどだったそうです。

週末には、近所の妙国寺の本堂に朝から出かけて、一日中英語の勉強をしていました。本堂はがらんとして不気味でしたが、静かで誰にも邪魔されないので、暗記にはもってこいの場所だったのです。高校三年生の夏休みには、三百頁の英文法の本を丸暗記することに挑戦しました。暑い夏で、午後になると眠くなってしまうので、バケツ一杯に冷たい水を入れ、そこに両足を突っ込んで眠気と戦ったことが、いまもありありと思い出されます。

大塚英語塾の大塚先生

結城の赤荻肥料店の二階に、大塚英語塾という英語塾がありました。そこで英語を教えておられた大塚先生は、もともと進駐軍の通訳をしていた方でした。授業が毎週一回しかなかったので、飽き足らない私は、隣町の小山市にある先生の本部の塾にも、週に二回行くことにしました。

授業の思い出を語りはじめればキリがありませんが、先生の前で大恥をかいた発音のミスが、いまでも忘れられません。「危険」という意味の英語の単語の「デンジャー」を、「ダンガー」と発音してしまったのです。先生は大笑いして、英語はローマ字読みをしてはいけないよ、と教えてくれました。そして、発音記号も単語のスペルと同時に暗記することを、強く勧めてくださったのです。

それからは単語カードを自分で手書きして、表に単語のスペルと熟語と発音記号を、裏には日本語の意味を書き、丸暗記することにしました。また、目で読むだけでは暗記できないので、道を歩きながらでも、駅の待合室でも、汽車のなかでも、声に出して単語カードを読んでいました。

そんな私の英語熱に父は呆れかえっていました。それというのも、長男の私が家業を継ぐことを当然と思っていたからです。その頃から私は、古臭い結城紬店の後継者になるよりも、国連の通訳官になりたい、なんて夢を持つようになっていました。加えて大塚先生のご長男が東京の大学で英文学を専攻していると聞き、同じように大学で英語の勉強をしたいなどと、とても実現できそうもないことを考えていました。英語ばかり勉強していると父に叱られたものの、上達していくのが自分でも目に見えてきて、英語の勉強がますます面白くなるばかりだったのです。

津田英語会での英語学習

高校を卒業する直前に、父に内緒で大学試験の出願手続きをしました。ところが、願書受付の通知書が父の店に届けられてしまったのです。その日の夕方、家に帰ると晩酌をしている父に呼ばれ、正座をさせられて一時間もお説教を聞かされました。

父の話の要点は、「金をうんと儲ければ、東大出のエリートでもアゴで使えるんだぞ。商売人の人生は金儲けだ」ということでした。

父は本気で腹を立て、私の目の前で願書受付の通知書を破り捨てました。その頃の日本では父親の権限がとても強く、子供は親に楯突くことなどできませんでした。残念でたまりませんでしたが、私は泣く泣く大学進学を諦め、父の仕事の手伝いをすることになったのです。

その代わりに父は、神田の村田簿記学校に入学し、商売に必要な簿記を習うことを許してくれました。そして、月曜日と水曜日が村田簿記学校の授業のある日でしたが、同じ定期券を使って、火曜日と木曜日は千駄ヶ谷の津田英語会に行くことも許してくれたのです。しかし、簿記を一生懸命に勉強することと、結城紬の商売の手伝いをすることが、その交換条件でした。

とにもかくにも、この津田英語会での先生とクラスメートとの出会いが、その後の私の人生に、大いに影響を与えてくれました。津田英語会の先生のほとんどは、津田塾大学から派遣された女性教授や講師で、海外生活の経験をもつ素晴らしい人たちだったのです。英語の発音はきれいだし、気立ては朗らか、ドレスを見事に着こなす身だしなみも立派で、田舎の高校の英語教師とは雲泥の差でした。クラスメートも、将来は航空会社や貿易会社、外資系企業などに勤務したいという希望をもって、熱心に英語を勉強している生徒たちで、ほんとうに楽しく勉強ができる環境だったのです。

ある英会話クラスでは、小樽市から来ていた河辺元子さんと出会いました。小柄で可愛らしい女性で、休み時間に互いの将来の夢を語り合ったりしたものです。「船底のキャビンでもいいから、一緒にアメリカに留学して、本場で英語の勉強をしたいね」などと、私の夢を話したこともありました。彼女とのはじめての出会いは、私の十八歳の夏でした。

英会話クラス最後の日に、彼女と話をしながら三時間も新宿御苑を散歩しました。もうすぐ北海道に帰るというので、長い時間を一緒に過ごしたかったのです。彼女はちょっと恥ずかしげに、「北海道の大学に来ませんか。父にお願いしたら、あなたの学費の援助をしてもらえそうなの」と突然言いました。私は大学進学を切実に望んでいましたが、家庭の事情で大学など行けない、と話したことがあったのでしょう。彼女の父は小樽の大きなオイル会社の社長で、寛大な人だというのです。私は自分勝手な希望で北海道に逃げ出すことは到底できませんでしたが、その厚意はほんとうにありがたく、涙がこぼれました。

これが私の甘くも淡い初恋の思い出になりました。その後の数年間は手紙のやり取りになりましたが、ある日元子さんから、素晴らしい愛の証が届きました。日本航空の札幌―東京間航路開通のイベントを利用して、北海道のスズランの鉢を送ってくださったのです。そのスズランは結城の家の庭で、大切に育てることにしました。彼女への手紙には、二人で散歩した駅前の銀杏の並木道で拾った落ち葉や押し花を同封しました。しかし数年後、彼女はお見合いで札幌大学の教授と結婚され、ミシガン大学に留学する夫に同行されたとのお便りが届いたのでした。

恋にうつつを抜かしてばかりだったわけではありません。津田英語会の先生のなかで一番親切なように見えた雨宮先生に、自分の将来について相談するために、勇気を出して先生のお宅に伺うということもありました。先生は私の立場と境遇に同情はしてくださいましたが、学歴もお金もない私にはアメリカ留学は無理でしょう、とはっきり言われました。アメリカ政府からの奨学金は、日本の大学を卒業し、英語力が抜群の人にしか授与されないことも知らされました。大学に行けない私には、アメリカ留学のチャンスなどまったくないという事実を突きつけられたのです。

それははじめからわかっていたことでしたが、何か他の方法はないかと、私は相談したかったのでした。叶わぬ夢でも、夢は夢として胸にしまっておこうと思いながら、その日は家に帰りました。

第二章　クリスチャンとしての新たな人生

イングリッシュ・クリスチャン

私が十九歳のとき、田舎の結城市に外国人家族が移住してきた、と街中が大騒ぎしました。それはスイスのリーベンツェラー・ミッションから派遣された宣教師、ヨーゼフ・ヴィダーさん一家でした。ヴィダーさんはキリスト教の布教のため、町内の古い大きな家を借りて教会を開いたのです。

この頃は、アメリカ、イギリス、ヨーロッパ人の宣教師が、日本中あちこちで教会を開いていました。英語の勉強をしたい日本人の若者たちは、教会が人集めのために開いている英会話のクラスに通いました。この教会もその例に漏れず、近所の若者にアピールするため、日曜日の礼拝の前に、英会話クラスを開いたのです。英語を習うために教会に行く人たちは「イングリッシュ・クリスチャン」と呼ばれていて、私もそのひとりでした。ヴィダー牧師の英語は母国語のドイツ語訛りでしたが、彼の英語のクラスは楽しいものでした。

そうして英会話のクラスと礼拝に参加しているうちに、キリスト教の教えは実践的で、かつわかりやすく理論的だと思うようになりました。日本社会は大混乱の時代で、ほとんどの人が物欲と性欲にまかせた放埒な生活を送っていました。終戦まで教えられていた修身教育の廃止、食糧難、米の配給制度、闇市の氾濫、ひどいインフレなどに立て続けに襲われ、さらにはアメリカ進駐軍本部の教育政策にも混乱させられていました。男女共学制度導入の強制などもその一例です。

そんな時代の通学の汽車のなかで見かける人々は、行動も言葉も荒々しく、幻滅の悲哀を感ずることがしばしばありました。そこで私は、キリスト教の牧師になり、心の荒廃した日本人の魂を救おうと考えだしたのです。しかしそう簡単に牧師にはなれないので、どうしたものかと大いに悩みました。

この悩みをヴィダー先生に話したところ、先生は飛び上がって喜んでくれました。だけど、私には長男として家の商売を継ぐ責任がありましたし、幼い妹や弟を見捨てるわけにはいきませんでした。父は「アーメン、ソーメン」と言ったら金が儲かるならキリスト教を信じてやろうとかんかんに怒りました。高校の頃から父の手伝いをはじめて四年経っていますが、一向に冷めない息子の英語熱に父はほとほと手を焼いていたわけです。そんなとき、ヴィダー先生から、「東京に開校される神学校の日本クリスチャン・カレッジに入学しませんか」というお話が舞い込んできたのでした。

日本クリスチャン・カレッジ

「学費と寮費、その他の経費は私の教会が払います」というのが、先生の約束でした。もちろん父は大反対でしたが、商人としての資質に欠けたバカ息子に愛想をつかしたのでしょうか、「どうせ泣きべそかいて帰ってくるだろうから、行きたいなら行ってみろ」と、東京に行くことを許してくれたのです。

さっそく、何年か前に上京することを汽車のなかで勧めてくれた杉田工場長のお宅を訪ね、東京に出てもよいという許可を父からもらったことを報告しました。お伺いしたときにはもう、杉田さんはひどい癌で寝たきりの状態でしたが、「よかった、よかった……」とか細い声で励ましてくれました。

ところが、私には大ピンチが待っていたのです。学生寮に引っ越しをした翌日、ヴィダー先生から電話がかかってきました。そして、自分はスイス本部から破門されてしまい、今後私の支援をすることができない、というのです。先生が「教会として使っている古家に幽霊が出る」と教団の本部に報告し、引っ越しの許可をお願いしたところ、「信仰が足りないから日本の幽霊に負けたのだ。即座に解雇する」というのが、破門の理由でした。そんなこんなで私には十五米ドルだけが送られてきて、それっきり孤立無援になってしまったのです。

こんなことが入学直後に起こったものですから、私はまったく困り果ててしまいました。父からは勘当されてしまっていますから、びた一文出してもらえず、ただ神に祈ることしかできません。そんなとき、泣きながらネクタイ箱を開けると、母がこっそり隠し入れてくれていた三千円が出てきたのでした。このときほど母の愛を強く感じたことはなく、母にはきっと恩返しをしようと、固く決意したものです。

しかし神の恵みでしょうか、アメリカから来た宣教師クインビー先生の通訳の仕事がすぐに見つかり、なんとか神学校に残ることができたのでした。週給は千五百円でした。

神学校生活

そうしてかろうじて留まった神学校での生活も、甘いものではありません。木造二階建ての宿舎は、新築だけれど窓の隙間から寒風が入ってくる、じつに粗末な建物でした。最初の朝ご飯は、丼に盛られた生炊きのご飯に、タクワンふた切れと海苔の佃煮がチョンとのっているばかりで、味噌汁もあまり塩気のない大根汁でした。そんなふうに食事は粗末でしたが、我慢するしかありません。

そんな貧しい食事にまつわる、いまでも忘れられないエピソードがあります。ある日の昼食に、鯨の肉が出ました。同席していた白人の先生が、「この肉は何ですか」と私に尋ねてきたので、「鯨です」と答えると、急に立ち上がって口から鯨の肉を吐き出し、トイレに行って口をゆすいできたのです。西洋人には、食べることなど考えられないものだったのかもしれません。しかし、いまでこそ鯨の肉は高価ですが、あの頃はベーコンと並んで一番安いタンパク源で、よく食べられたものだったのでした。

先生たちは当然キリスト教の信者で、アメリカの神学校に留学された方も何人かいました。そのなかでも特にお世話になった先生が、三谷幸子先生です。ピアノと讃美歌を教えてくださった三谷先生は、父が有名なキリスト教の伝道師で、賛美歌の作詞作曲もされていたという、クリスチャンの家庭に育った方でした。とても親切な小柄の中年女性で、母親と茅ヶ崎海岸の家に暮らしていて、ときどき数人の教え子を家に呼んでは、夕食を振る舞ってくれたのでした。私は特に親しくしていただいて、人生相談のために、何度も茅ヶ崎まで行きました。夕方すぐ近くの砂浜に行って、底引き網で魚を漁っている人から生きた魚を買って来て、天婦羅をごちそうしてくださったのは、忘れられない思い出のひとつです。

いつもグリーンのインキで書かれたお手紙をくださる先生のことを、私の姉は「グリーンの叔母さん」と呼ぶのでした。そんな先生と最後にお会いしたのは、一九七〇年の夏、私が博士論文を書くためのアンケート調査をしに日本に行ったときでした。

第三章　神学校への失望と聖職者の道の断念

神学校への違和感

やっと東京に出ることができ、楽しみと希望に満ち溢れた学生生活が待っていたはずなのに、神学校での日々は失望の連続でした。安普請の学生寮と粗末な食事に対する不満はさておき、もっと大きな問題は、開校一年目ということもあって、講座の内容もいまひとつで、そもそもそれを教える先生方にも、新入生たちにも、神学校にふさわしいとはとても思えないような人が、何人もいたのです。

まったく残念なことに、新設の日本クリスチャン・カレッジの教師陣は、言葉も能力も熱意もてんでんばらばらでした。通訳を使いながら英語で講義をする先生がいるかと思えば、日本語で講義する能力はとてもあるとは思えない下手な日本語を話す先生がいたり、日本人でもアメリカで学位を取ってきた先生は日本語がちょっとおかしかったり、日本の別の大学で教授をしながら非常勤で教えに来ているだけだったり、他の人より大きな期待を抱いていた私は、講義の内容に疑問をもったり、授業の下手さに不満をもつようになっていきました。

クラスメートにも失望していました。もちろん、立派なキリスト教信者の若者もいましたが、幾人かの生徒は他の人々をキリスト教の神へ導けるような人ではなく、むしろ自分自身の救いの道をひたすら求めて迷い、悩んでいた若者だったのです。生徒のなかには、家庭の事情で不運な少年時代を過ごした人や、大病をして神の癒しを求めた人、精神状態が不安定な人、いささか卑屈で性根の曲がったような人もいました。私のクラスは第一期生でしたから、入学試験の審査もなく、宣教師が推薦した人たちを無条件で入学させた結果がこれなのでした。もちろん男女共学でしたが、女性が十二人、男性が十八人と生徒数は少なく、年齢もまちまちでした。

そんな事情をまったく知らずに入った私は、はじめの頃は、全員の生徒が健全で、純粋で、聡明な、神に召された人たちだと信じて期待していたのです。なかには、私と同じように宣教師の通訳をしていた英語の堪能な生徒も六人ほどいました。私は彼らとグループを組み、通訳や翻訳のボランティアを率先してやり、ときどき、アメリカの宣教師の先生方と一緒に英語で聖書研究なんかもしていたのです。

ところが、いくら純粋に宗教的な気持ちで行動していたつもりでも、私のグループは少し目立ったので、他の生徒たちからの嫉妬や批判の対象になってしまったのでした。ある日の夜、ひとりのクラスメートが腹を立てて、「おまえは事故で口を大けがをして、英語がしゃべれなくなってもキリストを信じるか！」と怒鳴ってきました。私はとにかく驚いてしまって、返す言葉がすぐに出ませんでした。キリスト教の信者は、神の教えに従う信心深い兄弟姉妹だと単純素朴に信じ込んでいた私は、神学生のあいだにも嫉妬心の強い人がいることを思い知ったのです。この出来事をきっかけにはじめて、自分の無知と単純さに気がついたのでした。また、若者の集まりですから、恋愛関係のごたごたも、時折耳にすることがありました。ある男性の神学生は、相手の女性を妊娠させてしまい、それを理由に退学させられたと噂に聞いたりもしました。

当時の私は、ひたすら素朴に牧師になることを夢見る、二十歳そこらで、世間知らずの愚か者だったのです。このような状況にぶつかって、強かったはずの自分の決心が崩れていくのを感じていました。けれどもここで家に帰ってしまったら、強い決意とともに家出をした自分が恥ずかしいですし、大反対した父に笑われるのはあまりに悔しいので、歯を食いしばって我慢することにしたのです。二段ベッドの上にいたルームメイトの松尾君が、いろいろと心配してくれました。それでなんとか逃げ出すことを断念して、一年は我慢することにしました。

その後は「迷える子羊」のように、自己を発見する努力をしなければなりませんでした。しかし、ただひとりで悩んでいても何も解決できそうになく、自分を導き、助言をしてくださる先生方を探しました。

柳生直行先生との出会い

柳生直行先生は、日本の歴史に残る江戸時代の剣客・柳生十兵衛の子孫だという話で、背が高くて自信に満ちた、英語の達者な方でした。関東学院大学の教授でしたが、客員教授として日本クリスチャン・カレッジにも毎週一回英語を教えに来ていたのです。

のちに『ナルニア国物語』で有名なC・S・ルイスの作品などの翻訳を手がけられ、『新約聖書』の個人訳もされることになる先生は、アメリカに留学して学位を取り、数年前に日本へ帰って来られた方でした。そのときには、弟さんも留学されたと聞きました。そこで、私は留学の夢の相談をもちかけたのです。先生は渋い顔をして、「アメリカ留学は難しいぞ」と言いながらも、「英語を本気で勉強しなさい」と励ましてくれました。

先生はお父上の柳生光異が設立した茅ヶ崎湧泉教会の牧師もお務めになり、日曜礼拝でのお説教もされていました。また、有名なアメリカ人伝道師の公開伝導会では、じつに堂々と通訳をされていました。あの頃の私のアイドルは柳生先生で、私も先生のような立派な通訳になりたいと思っていました。

軽井沢でのバイブル・キャンプ

夏休みになると、アメリカ人宣教師の先生方は家族と一緒に軽井沢の避暑地へ行き、蒸し暑い都会から離れて暮らしていました。非常に贅沢な話ですが、当時の日本の物価は彼らにとっては安く、宣教師でもアメリカ人は豪華な暮らしができたのです。軽井沢の町は、裕福だった日本人の別荘を借りる外国人たちの「外国人村」となっていました。日本クリスチャン・カレッジの学長ホーク先生をはじめ、その他の外国人スタッフも軽井沢に集まっていたので、バイブル・キャンプに参加する学生の私たちも、一週間滞在することができました。軽井沢は真夏でも涼しい町で、別天地のようでした。

バイブル・キャンプでは朝から晩まで聖書の研究をしましたが、合間の休息時間には「鬼押出し」と呼ばれる溶岩でできた奇勝を散歩したり、とても明るくにぎやかで、まるでカーニバルのような雰囲気でした。宣教師たちはお互いの再会や情報交換を心から楽しんでいるようでした。

私もバイブル・キャンプ参加のお陰で、軽井沢で楽しい一週間を過ごさせてもらいましたが、いささか矛盾を感じもしました。「伝道に来ている宣教師がどうして、家族ぐるみでこんな贅沢ができるのだろう」という疑問が、ふつふつと湧いてきてしまったのです。実際に参加してみて、私は罪悪感に苦悩しました。あの頃の日本はまだとても貧しく、大きな駅の構内には、浮浪者や失業者がたむろしている光景が当然のようにあったのです。

一般の日本人のサラリーマン、商店街で働く者、労働者たちは、夏休みに避暑に行くお金などないのに、宣教師は本国の信者から布教のために送られてきたお金を、日本一の避暑地の軽井沢で好き放題使っていることに、無性に腹が立ってきました。そのうえ、宣教師の先生たちが避暑に出かけているあいだ、都会の教会では留守番をしている日本人の副牧師たちが、細々と教会の仕事をしているのでした。私は、贅沢な避暑地暮らしをしている外国人牧師たちは偽善者ではないか、と疑いの目で見るようになったのです。そのときは世間知らずの二十一歳の若者で、何事もバカ正直に判断する人間でしたから、ここでもたいへん強く失望してしまったのでした。

クインビー牧師との衝突

私が通訳として真面目にお手伝いをしていたクインビー牧師も例外でなく、オハイオ州の教団本部の信者からの多額の献金で、じつに贅沢な生活をしていました。日本人のメイドを二人も雇い、子供の世話から炊事、掃除、洗濯などを任せ、庭師まで雇って、近くの肉屋から高い肉を平気で買い、子供たちをアメリカン・スクールに通学させていたのです。

またクインビー牧師には、模型飛行機を作ってコンテストで飛ばす趣味がありました。日曜日の礼拝がある日でも、コンテストがあるときには日本人の非常勤の牧師と私に朝の礼拝を任せきりにして、模型飛行機の大会に出場していたのです。

ある日曜日の午後、優勝して帰宅してきた牧師が、もらったトロフィーを誇らしげに見せびらかしました。私が憤慨して、「模型飛行機の競技と日曜礼拝と、どちらが大切なのですか」と質問すると、彼はびっくりして、何も言わずに二階の部屋に行ってしまいました。そしてしばらくしてから下に降りてきて、こんな言い訳をしたのです。「僕の父は中国の田舎町に派遣された牧師でした。子供の頃、家族は惨めな貧乏生活を強いられていて、玩具もなく、食事もほんとうに粗末なものを食べさせられていました。日本に宣教師として派遣されてから、やっとまともな生活ができるようになったのですよ。だから、これくらいの遊びはいいじゃないですか」。そのときは、私はひとまず「わかりました」と答えたものの、この一件で彼にはすっかり失望してしまいました。

日曜の午後は、ときに路傍伝道に出かけました。路傍伝道とは、街角に立って聖書を開き、そのあたりを歩いている人々に説教をすることです。こんな正気の沙汰とは思えぬことをするのが、私は恥ずかしくてとても嫌でした。牧師が大声で「あなた方は罪びとです。キリストを信じ、悔い改めなさい」と言えば、それを日本語で繰り返すのが私の役目なのでした。どんなに嫌でも、これが私の仕事の一部でしたから、懸命に頑張りましたが、恥ずかしくて恥ずかしくて、寒い日でも汗をかいたものです。そのときの月給は五千円ほどで、なんとか学生生活ができる金額、といったところでした。クインビー牧師とは何度も衝突しましたが、二年ほどお世話になりました。

転校の決意

入学後、二学期の中頃から、自分は牧師になるには不向きな人間でないか、と思いはじめていました。キリスト教の教えに疑問はまったくなかったのですが、だらしのない何人かのクラスメートや講師、宣教師を憎らしく思うようになっていたのです。たとえばあるクラスメートは、勉強をしないのに、良い成績が取れますように、と祈禱会で祈っていました。ある女性の先生が年下の男性を誘惑して、クリスチャンらしくない行ないをしているのも目撃しましたし、アメリカ人男性の先生が、日本人信者の女性を妊娠させたという話も聞きました。まったく信じ難い、そして許し難い事件が、相次いで起こるばかりだったのです。そこで私はとうとう、来年は他の学校に転校することを決心しました。

この転校の決意については、ルームメイトの松尾君や、神学校でお世話になっている先生方に反対されました。「神の御心に反することはいけない。生涯をキリスト教の神様に奉仕する決心はどうしたのですか」と責められもしましたが、伝道師になる自信はまったくなくなってしまっていました。この自分の決意と理由を理解してもらおうと説明する努力はしましたが、皆はそう容易に理解しても、許してもくれませんでした。それでもとにかく、反対を押し切って転校することにしたのです。

津田スクール・オヴ・ビジネスへの転校

津田スクール・オヴ・ビジネスという専門学校が、以前に通っていた津田英語会と同じ千駄ヶ谷にあって、そこは予科二年は英語だけを学び、本科一年は英語でビジネスのクラスを学ぶ三年制でした。転校を決意した私は幸い、そこの本科への編入学試験に合格し、二年間の予科を飛ばして三年本科に入ることができたのです。

筆記試験は英語の貿易新聞の記事の和訳で、口頭試問は英語での面接でした。そのときの受験番号が「不運の十三番」で、不合格になるのではと大いに心配しましたが、宣教師の通訳をしていた私には英会話の力が十分にあったので、無事合格できたのでした。

さて、転校はできたものの、生活は厳しくなりました。神学校の寮にはベッドルームもあり、食事も三食用意してもらえていました。けれども今度は、何でも自分でやらなければなりませんでした。畑のなかにある古い一軒家の四畳半の部屋を借り、小さな電気コンロで自炊をして、ときには汚い飯屋で食べるといった貧乏生活がはじまったのです。
ともあれこの学校では、ビジネス・コレスポンデンス、ビジネス英語、英文簿記、英文タイピング、速記など、ビジネスに直接活用できるものを教えてくれました。卒業生は、貿易会社、商社、外資系会社、航空会社など、英語力が求められる仕事に就いていていました。

しかし私の一番の問題は、授業料を全額払うだけの貯金がなかったことでした。入学担当の先生に事情を話しましたが、一学期目の授業料の分割払いは認められない、と断られてしまいました。入学試験に合格したものの、授業料を払えなければ入学できません。そこで、東京で働いていた姉に泣きついてお金を借りました。そのときは折悪しく、父が胃潰瘍の大手術をして半年以上も病院に入っていましたから、実家からお金をもらえるどころか、むしろこちらから援助する必要があったのです。

神学校では、クインビー牧師からの五千円の月給では不十分で、いつもお金がなくて困っていました。冬の寒い夜遅く、駅前のお店で鯖の缶詰を買って、帰りの電車の切符を買おうとしたら、あと五十円足りません。そこで、お店に戻って缶詰を返し、卵二つと取り換えて、なんとか切符を買って電車に乗って帰る、なんてこともありました。お昼には、しばしば学校の近くの蕎麦屋に行って、一番安い蕎麦の大盛りを食べていました。そんな苦しい生活でしたが、鍛えた英語力を使って良い仕事に就く夢をもって、一生懸命勉強したのでした。

第四章　パンアメリカン航空会社勤務とアメリカ留学の夢

パンアメリカン航空会社の入社試験と面接

パンアメリカン航空会社の社員募集のことは、大塚英語塾で教えるだけでなく、津田スクール・オヴ・ビジネスでも非常勤講師をしていた大塚先生から知りました。大塚先生はこの会社の経理部に勤務していて、内部の情報を学校の三年生の本科クラスに知らせてくれたのです。それは十一月の中旬頃でした。

入社試験場が羽田飛行場の会議室なので、当日は三十分早めに行って待っていました。会場に入ると、すでに二百人ほどの人が座っていました。見渡すかぎり、皆立派な服装をしていて、英語が堪能そうな顔つきをしています。これは駄目だと一瞬思いましたが、胸中の動揺を一生懸命抑えて、試験の開始を待ちました。

第一次試験はヒアリングの試験で、テープに録音された英語の質問に答えるというものでした。これまでの通訳経験と勉学の成果のお陰で、この試験には問題なく合格できました。驚いたのは、この第一次試験で落ちた人の名前をひとりひとり呼んで、どんどん退場させていくことでした。

その後、二十人ほど残った者たちを順に呼んでの面接がはじまりました。私は日本人の人事部長らしい人と、アメリカ人のマネージャーの面接を受けました。無我夢中で、何を聞かれたか、どう答えたのか、まったく記憶にありません。仕事は航空貨物の受付、税関の書類のチェック、積み込み書類の作成などとのことでした。

とにもかくにも、その第二次試験も無事に通過できて、次の面接の通知を待つように言われました。

しかし、その後二週間経っても、通知はありません。やきもきしていた三週目の月曜日の早朝に電報が来て、水曜日の朝九時に、東京の丸ビル内のパンアメリカン航空会社の日本本社に来るように、という指示を受けました。一九五七年当時は、まだ電話が一般には普及しておらず、確実かつ最速の通信手段は、電報だったのです。

面接当日は学校を休み、早めに出かけて行きました。非常に緊張をしながら面接室に入ると、ハワイ日系二世のダック赤田さんが待っていました。赤田さんは、二世らしい英語で質問をされました。質問に英語で答えていると、「君はなかなか英語がうまいな。貨物課より旅客課の方が適任かな」と言いながら、赤田さんはノートを録っていました。

その後も何人もの部長クラスのアメリカ人と、日本人の人事部長の面接を受けることになり、これはあまりにも長く続く難関で、もうどうでもいい、と断念するような気持ちになりかけていました。ところがついに、支店長のアメリカ人であるオードインさんとの面接に来るように、との電報が届いたのです。

オードイン支店長は背の低い小太りの人で、大きな声で「君の趣味は何だね」とか、「君は熱心なクリスチャンだと聞いているが、伝道の手伝いを続けるのか」とか、個人的な質問をしてきました。私が返事を考える間もなくおどおどしていると、君にいまのうちに注意しておくことがある、と彼は切り出して、「キリスト教の伝道はしないこと。それから、何かを間違えたとき、絶対に舌を出してニッコリ笑わないこと。あの日本人のアイムソーリー・スマイルが俺は大嫌いだからな」と言いました。そしてやはりこちらが返事をする間も与えずに、「グッド・ラック」と言って、ただただびっくりしているばかりの私に握手を求めてきたのです。そのときはこの「グッド・ラック」の意味がわかりませんでしたが、彼の握手が痛いほど力強かったことを鮮明に覚えています。あとでわかったことですが、アメリカの会社は日本の会社のように人事部任せでなく、直属の上司が採用の判断をするため、何人ものマネージャーが新入社員の面接に協力するのだそうです。

羽田空港での第一次試験から数えて六週間後、やっとのことで採用通知の電報が、私が間借りしていた家に配達されてきたのでした。興奮のあまり二階への階段を駆け上がって、大家さんに叱られました。初任給は三万二千八百円。これは当時の水準で言うと、大学新卒の初任給の二倍以上の額です。人気歌手のフランク永井が、当時の平均月給一三、八〇〇円を諷刺して「一三、八〇〇円」という歌を歌っていた頃でしたから、私はほんとうに大喜びで、さっそく東京の姉と田舎の両親に連絡しました。

父と母は、もう家の商売を継ぐつもりがない長男に失望したにちがいありません。そこで私は母に、毎月五千円の仕送りをする約束をしました。ともかく、私は二十四歳でやっと一人前になり、自分の力で仕事に就くことができたのです。それも憧れていた世界一の国際航空会社、パンアメリカンの旅客課に就職できたのでした。

新入社員教育と旅客課業務

新入社員は私のほかにもうひとり、貨物課に採用された植松さんがいました。二人だけのための特別教育クラスなどはなく、人事部で社則や勤務時間、給与についてのオリエンテーションを受けたあとに、所属する部署で先輩方から指導を受けていました。当時はまだ日本語の作業マニュアルはなく、難しい英語で書かれた総三百頁以上の分厚いマニュアルがあるのみだったのです。

旅客課での仕事は、主に乗客のチェックインと到着便の出向でしたが、その他にも乗客のお世話というのがありました。最初の日から何も知らないまま乗客対応をさせられたのには、とても困りました。言われている英語の言葉そのものは聞き取れるのですが、その表現がどんな意味かがわからないのです。そんなわけで、飛行機の発着の時間にはいつも、先輩方にいろいろと教えてもらっていました。しばしばアメリカ人のスーパーバイザーの早口がわからないことがあり、そんなときには近くにいる先輩に「いま彼は何と言ったのですか」と聞くのです。自分で聞き返すのが恥ずかしかったのでした。

また、乗客には流暢な英語を話すアメリカ人やイギリス人ばかりでなく、訛りの非常に強い英語を話すインド人やオーストラリア人の方もいました。まったく英語が話せない中国人の乗客もいます。共通言語である英語の多様性と、アジアにおけるその普及の必要性とを、しみじみ感じたものです。

パンアメリカン航空会社の旅客課には、マネージャーのジャック・エリスさんと、ふたりのアシスタント・マネージャーのドナルド・ローチさんとラリー・プイプルさんが本社から派遣されてきていました。それに加えて、オーストラリア人のダアシー・ドナルドさんとイタリヤ人のホセ・モリネロさんのふたりの外国人平社員、そのほかにも日本在住の中国人四人と八人の日本人スタッフがいました。

その日本人スタッフのなかに、すでにアメリカ留学をして、帰国後に入社した福田邦彦さんと中西達夫さんの二人がいました。福田さんはカリフォルニアの大学で政治学を専攻したそうで、英語が抜群に上手で自信満々の人でした。私はとりわけ彼と親しくなり、アメリカ留学の経験談をいろいろと聞かせてもらいました。彼はまもなくアメリカ大使館の商務省に転勤してしまいましたが、その後はゼネラルフードと味の素の合弁会社で社長室長を長年勤めたそうです。

新入社員としての試練は、現場での仕事をいかに早く覚えるかでした。というのは、アメリカはまったくの実力主義ですから、仕事のできない社員は遠慮なく解雇されてしまうのです。私の場合も、見習い期間は三カ月で、この期間内に将来性がないと判断されたら解雇される契約にサインをさせられていました。パンアメリカン航空会社は週五日制ですから、私は二日ある休日の一日を返上して会社に出て行き、旅客各課のオペレーション・マニュアルを数時間勉強していました。また、英語力の強化のために英字新聞の『JAPAN TIMES』を毎日読むことにして、慣用句や俗語、専門用語がわからないときには、アメリカ人の上司にしつこく質問をしたものです。エリア・マネージャーに、「強化・増強・補強する」という意味のアメリカ英語の俗語「beef up」の意味を尋ねたことが、いまでも記憶に残っています。

そのほか、まずは世界中の飛行場のある都市や町や村の三文字コードを暗記しなければなりませんでした。たとえばホノルルはＨＮＬで、サンフランシスコはＳＦＯなど、何千何万という数のコードを知っていなくてはならないのです。また、各国の国籍によって異なるビザの要否と許可される滞在期間なども把握していなくてはなりません。チェックインの際に、ビザの必要な国へビザを持っていない乗客を乗せてしまったら大事です。行き先の国で入国を拒否され、強制送還されてしまいますから、十分に気をつける必要があったのです。

さらに、旅行のルート変更による複雑な運賃計算やチケットの書き換えの要領を熟知しておかねばなりませんでした。あの頃、航空運賃は国際航空運送協会の監査下にありましたから、その計算には神経を尖らせたものです。いまでは想像もつかないことでしょうが、当時はコンピューターなどという便利なものはありませんでしたから、あらゆる計算を手動の計算機でやっていました。そんなわけで、出発の間際に乗客の前で運賃の計算をするたび、冷や汗をかく思いをしたものです。

パンアメリカン航空会社の勤務中には、決して忘れることのできない出来事がいくつかありました。そのひとつは、会社の設立者の社長であるワン・トリップさんと握手をしたことです。

ある日のこと、社長が飛行機のタラップに上がるとき、私たち社員は一列に並んで見送りをしていました。そのときに、ひとりひとりと握手をして、「Thank you for working for Pan American」と言ってくださったのです。私は、社長が平社員に直々に労いの言葉をかけられるのに驚嘆して、こんな会社に入社できたことを、たいへん誇りに思いました。

もうひとつの忘れられない出来事は、入社して間もない二週間目の夜、香港からの飛行機が胴体着陸をして大騒ぎになったことです。パイロットがランディングギアを出し忘れて着陸してしまったのでした。幸い、怪我人はひとりも出ませんでした。飛行機は二階建てのボーイングのプロペラ大型機で、下のラウンジがギアの代わりになって、衝撃を和らげてくれたのです。到着ゲートへ出向すると、乗客が整備課のトラックで次々と運ばれて来るのですが、新入社員の私は何をどうしたらよいものか、ひたすらおどおどするばかりでした。

こんなふうに、パンアメリカン航空会社の仕事は、いろいろな意味でエキサイティングな出来事の連続でした。

当時の羽田空港は観光名所のようなところでもあり、修学旅行で学生の団体が見学に来ることもありました。私が母校の茨城県立結城第一高等学校の修学旅行生たちにボーイングDC－7型の機内を案内したところ、団長の吉田先生が、私が彼の教え子だということを大声で誇らしげに機内アナウンスしてくださいました。

それから、数多くの有名な映画俳優も、パンアメリカン航空会社を利用されていましたから、アメリカの俳優のエリザベス・テイラーやジョン・ウェイン、マーロン・ブランドを見かけることもあれば、日本人俳優の三船敏郎さんや有馬稲子さんなどを会社の貴賓室で見かけることもありました。雲のうえの人だと思っていたこうした人々を直に見られたのも、国際的な航空会社ならではの経験だったと思います。

アメリカ留学のきっかけとなったファミリアライゼイション・トリップ

ひたすら真面目に仕事をした甲斐があって、入社三年目に「REP（パッセンジャーサービス・リプレゼンタティヴ）」という職級の最上級の三に昇格され、月給も五万三千円に昇給し、いよいよ生涯をパンアメリカン航空会社に捧げて働こうと決めました。

その間、会社のファミリアライゼイション・トリップという制度を利用して、二週間の休暇のあいだにホノルルとサンフランシスコ、ロサンゼルスへ行くチャンスに恵まれてもいました。ファムトリップと略されもするこの制度は、海外で同じ仕事をしている同僚との親睦を深めたり、現地を視察することを目的としていました。好奇心旺盛な私は、入社二年目の春、このファムトリップに参加したのです。

会社はファースト・クラスのチケットを支給してくれましたが、旅費の全額は自己負担でした。けれども、毎日の仕事で見送るばかりだった飛行機のファースト・クラスにはじめて乗るのは、じつに刺激的な経験でした。隣の窓側の席にはなんと、フィリピン国連大使のカルロス・ロムロ氏が乗っていました。

当時、羽田からホノルルの飛行時間は総十八時間で、まずは九時間のフライトののちウェーキ島に着陸し、給油をしてからホノルルに向けて再出発する、というスケジュールでした。機内のサービスは素晴らしいものでしたが、私はお酒を飲まないので、高級なワインやウイスキーを楽しむことは、残念ながらありませんでした。

ホノルル空港に到着すると、乗客のひとりひとりにプルメリアのレイ（頭・首・肩にかけるハワイの装飾品）がかけられ、フラダンスを踊る美人の女性と、ウクレレを弾きながらハワイアン・ソングを歌う歌手が歓迎してくれました。パイナップル・ジュースのサービスもありました。このハワイアン・スタイルの素晴らしい歓迎が、ハワイを太平洋のパラダイスにしているのだな、と感じたものです。旅客課のスタッフも、移民官も税関官吏も、皆が笑顔で迎えてくれました。

その後、ホノルル空港からタクシーでワイキキのエッジウォーター・ホテルに向かいました。このホテルに五日間滞在して、ハワイを満喫したのです。夕方ホテルに面したビーチに出ると、ウクレレを弾きながらハワイアン・ソングを歌って楽しむ男性が数人いるのでした。何十人もの観光客と一緒に私もビーチに座って聴き惚れたことが、いまでも鮮明に思い出されます。週末には日系の客室乗務員の友人が、オアフ島の観光名所であるヌアヌパリ、ハナウマ湾、潮吹き岩、サンディ・ビーチになどにドライブで連れて行ってくれました。

週明けの月曜日には、パンアメリカン航空会社のホノルル本社に赴き、社員の皆に挨拶をしました。ホノルル本社では多様な人種の人々が暮らすハワイの社会を考慮して、セールスのスタッフを人種別に雇用していました。そんなスタッフのひとりであるハワイアン乗客のセールス担当アナ・カハナモクさんに挨拶をしたとき、私はうっかり「ハワイ大学に入学してもっと英語の勉強をしたい」と口走ったのです。

すると彼女は「ハワイ大学なら友達がいるよ」と言って、即座に電話を取って留学生相談室長のジェームス三宅教授と話しはじめました。「日本人の若者がハワイ大学に留学したいと言っています。大学へ相談に行かせましょうか」と話してくれたのでした。彼女は一九一二年のストックホルム・オリンピックで金メダルを獲得した水泳選手デューク・カハナモクの親戚としてハワイでは有名で、幅広い人脈をもち、とても親切な人でした。そしてこの彼女との出会いが、一年後にハワイ大学に留学するきっかけになったのです。

ハワイ大学にはタクシーで行きました。世界中からやって来る留学生のお世話をする事務所長で、アナさんの電話を受けた三宅先生は、日系二世の方でした。当時、日本人留学生が少なく、私のように英語を話す学生は稀だったのでしょう、先生はよい印象をもってくださったようで、「こんなに英語のうまい日本人ははじめてだ。適正テストを受けてぜひとも留学するべきだ」と言ってくださいました。

それからサンフランシスコへ旅行し、再びハワイに戻った次の日、先生の事務所でテストを受けたのです。その午後には先生の秘書から電話があって、合格を知らされました。帰国前に先生にお礼の電話をすると、「来年九月の新学期に来なさい」とおっしゃいます。

ところが、留学許可は得たものの、留学資金もなければ支援者もいない私に、留学はそう簡単にできるものではないということは重々わかっていました。サンフランシスコで訪問したスタンフォード私立大学の授業料が二千ドル、ロサンゼルス州立大学の授業料は七百ドルです。それに比べると、ハワイ大学は百九十ドルと安価でした。そんなわけで、どちらかのカリフォルニアの大学に入学したいのはやまやまであったものの、多額の留学資金のない私は、友人もいるハワイ大学へ入学する決心をしたのです。

第五章　ハワイ大学留学と予期せぬ苦難

帰国後すぐに留学準備を開始

留学許可書を手に帰国してから、何の気なしに人事関連のマニュアルを確認していたら、学業か兵役のためなら長期の無給休暇をとることが許可されると書いてありました。この制度を利用することができれば、会社を辞めずに留学ができるはずだと考え、さっそく、マネージャーのジャック・エリスさんにお願いしたところ、ハワイ大学の二学期分に当たる九カ月の学業休暇を許可しよう、と励ましてくれました。

私は、自分の英語力をこれ以上に向上させるにはアメリカ留学しかないと思っていましたから、このチャンスを逃すことは絶対にできませんでした。じつのところ、「英語を完璧に習得して、日本人第一号のマネージャーになってやろう」と意気込んでもいたのです。

ただ問題は、多額の留学資金がなければ留学の夢の実現は不可能だということです。カリフォルニアの大学に比べれば安いとはいっても、ハワイ大学の授業料も決して簡単に用意できる額ではありません。当時は、ハワイ大学の東西文化センターが、各都道府県から二名、優秀な日本人大学卒業生を募集し、奨学金を出していました。しかし非常に残念なことに、私は日本の大学を卒業していませんでしたから、申請資格がなかったのです。

唯一の手段は、アメリカ国籍のスポンサーを探して、授業料、教科書等の書籍代、生活費、医療費、交通費などの全額を保証するという文書をもらうことでした。この保証書をアメリカ大使館に提出して、学生ビザの申請をするのです。実際には、そこまで寛大なスポンサーを探すことは不可能に近いので、多くの留学生は名目だけのスポンサーを確保し、アルバイトで学費と生活費を稼ぐという方法をとっていました。しかし、名目だけとはいえ法的な責任はありますから、スポンサーになってくれるアメリカ人を探すのはとても難儀なことでした。あれこれ手を尽くしてやっと、姉の友達のシドニー・ブラウンさんが、パンアメリカン航空会社が往復の航空券と無給休暇を保証するならスポンサーになってもよい、と約束してくれました。こうして、ハワイ大学留学の準備を本気ではじめたのです。

次の問題は、長期間滞在できる家を確保することでした。当然自分で家を借りるのは経済的に不可能です。すると、アルバイトには「スクールボーイ」という住み込みの方法があると聞き、この方法でいこうと考えました。幸いなことに、ホノルルから何度も研修のために東京へ来ていたホノルル支社のウディ・オルシさんが、自分の家で私を「スクールボーイ」として面倒を見てくれると約束してくれました。

さて、留学の準備を着々と進めていきました。私はハワイ大学の学生のペンパル（文通仲間）を探して、学生生活の実態を聞くことを思いつきました。

ある日のこと、旅客便のチェックイン業務をしていたら、ハワイ島ヒロの山田牧師と知り合いになり、クリスチャンのペンパルを紹介してください、とお願いしました。すると「あなたのキリスト教の宗派は何ですか」と聞かれたので、「バプテストです」と答えると、「ハワイ大学の近くにあるオリベット・バプテスト教会の平野牧師に連絡して、ペンパル探しをお願いしてはどうか」と言ってくださったのです。平野牧師の仲介で、一カ月後に日系三世の田村正一さんからお手紙をもらえました。彼との文通によって、大学の授業や試験、学生生活のことを知ることができたのです。

こうした準備を経て、いよいよハワイ大学留学の日がやってきました。しかし、ホノルルで私を待っていたのは、たいへん衝撃的な経験だったのです。

予期せぬ苦難

忘れもしない一九六〇年九月五日の午後、ホノルル空港に到着し、念願のハワイ留学のはじまりの興奮と、このさき自分を待つさまざまな経験への期待に、私は胸を膨らませていました。ところが、スクールボーイとして私を出迎えてくれるはずのオルシさんがいないのです。待てど暮らせど彼は来ません。

すっかり途方に暮れていた私に、ホノルル空港の税関官吏のハンク親里さんが、「これからどちらへ行かれるのですか」と聞いてくれました。「私は日本のパンアメリカン航空会社の社員で、これからオルシさんのお宅でお世話になって、ハワイ大学で英語を勉強するのです」と答えると、親里さんは「それなら、今晩は私の家に食事に来なさい。彼は家族と今夜遅くにタヒチから戻る予定だから、いまあの家には誰もいませんよ」と教えてくれたのです。こうして私は、まずはカハラの高級住宅地にあるオルシさんの家にタクシーで行き、親里さんが迎えに来てくれるのを待つことにしました。

当時ホノルル飛行場は勤務している人が少なく、お互いのことをよく知っていて、皆が友達のような間柄だったのでした。そんなわけで、オルシさん本人の不在に衝撃を受けはしたものの、親切な親里さんが彼に代わって、初対面の私をハワイに歓迎してくれたのです。親里さんの奥さんも日系人で、日本に対して非常に強い興味をおもちでした。そうして、さまざまなお話をしながら、たくさんの手料理をご馳走してくださいました。

オルシさん一家が夜遅く帰って来るころに、親里さん夫妻が彼の家まで送ってくれました。オルシさんは悪びれもせず、「空席がなくてね、遅れてしまってすまない」と言ってから、家族を紹介してくれました。七歳のシャロルと五歳のジョンの二人の子供と、ハワイ人と白人との混血で四十歳ぐらいの奥さんの四人家族でした。

オルシさん宅に辿り着いたあとも、深刻な問題が私を悩ませました。なんと、私のための寝室がないのです。最初の晩は、ベランダの片隅にあるコット、つまり小児用の小さなベッドで寝ることになりました。明くる日には奥様に洗濯を頼まれ、洗濯機の操作を教えてもらいました。その後、庭の大きなマンゴーの木の下にある子供のプレイハウスの床に分厚いビニールシートを敷いて、そこを自分の部屋にしなさいと言われたのです。そして、毎晩の夕食後は皿洗いもさせられました。子供の面倒を見るのも私の役割でした。これがスクールボーイの仕事かと思うと、すぐにでも日本に帰りたいと思ってしまいました。

さらにオルシさん宅で落胆を覚えたのは、いまにも離婚しそうな夫婦仲の悪さでした。オルシさん夫婦は同じベッドに寝ないで、ご主人はリビングのソファで寝ていました。じつのところこの家族は、私をスクールボーイとして雇い、世話をする余裕などなかったのです。

私はまったく困り果ててしまいましたが、とにかくこんな状態から逃げ出して、まともに住める場所を探すしかありませんでした。東京でアシスタント・マネージャーをしていたドナルド・ローチさんに電話をかけて事情を話すと、即座に「当分は私の家で暮らしなさい」と、親切な救いの手を差し伸べてくれました。ローチさんはすぐに車で迎えに来てくれて、ハワイ到着から二週間後、オルシさんの家から逃げ出すことができたのです。

ミセス・オルシはたいへんな剣幕で、「おまえみたいな恩知らずの東洋人ははじめてだ」と怒りました。けれども何を言われようとも、奴隷のような生活には耐えられませんし、勉強する時間もほとんどありませんでしたから、かまわずローチさんの車に乗って逃げたのです。寝室も与えられないのに私をスクールボーイとして雇うなど、バカにされたも同然でした。

ローチさん夫妻の救いの手

すっかり困り果てていた私を救ってくださった親切なローチさんの家から、ハワイ大学に通学する日々がはじまりました。東京のパンアメリカン航空会社の職場でお世話になったローチさんは、朗らかなサンタクロースのような恰幅のよい方でしたが、裕福な人では決してなく、カネオへの住宅街の一戸建ての借家に住んでいました。家族には二人の女の子──七歳のキャロルと五歳のスーザン、そして一歳の男の子のジョンと、三人の子供がいました。ミセス・ローチは、結婚前はサンフランシスコ・バレー劇団でバレリーナをしていたイギリス人の上品なご婦人でした。ミセスは、親切にも子供部屋を一室空けてくださり、私の部屋にしてくださったのでした。私の方からは、ひと月の食事代として十五ドルを支払う、という取り決めになりました。

ローチさんの家は、オアフ島の裏側であるカネオへという不便なところにあり、私は毎日山を越えて、ハワイ大学のある島の表側に行かなければなりませんでした。カネオへからホノルルに通学できるバスの路線はなく、自家用車で行くしか方法がなかったため、これには困りました。

けれども、ローチさん夫婦がよい解決案がないかと思案してくださいました。旅客課の渡辺マネージャーが近くに住んでいて、この近くを通って毎朝ホノルル空港に通勤しているから、彼に途中のバス停留所まで送ってもらってはどうか、というのです。そこでさっそく渡辺さんに電話をして、「東京の旅客課から留学に来ている西山くんが困っている」と、事情を説明してくれたのでした。

その次の日から、渡辺さんにバスの停留所まで送ってもらって、そこからバスに乗ってハワイ大学に通学することができるようになりました。しかし帰り道はというと、バスは裏オアフまでは行かないので、町の中心地までバスで行き、そこから乗合タクシーの大型車に乗って帰ることになります。この乗合タクシーがじつに不便なので、ローチさんの家の近くからハワイ大学に通勤している人を探しました。幸い、農学部の秘書をしている中本さんに紹介していただくことができました。彼女は喜んで、毎日ローチさんの家の近くのスーパーマーケットまで、大学からの帰りに車で送ってくださることになったのです。こうして親切な皆さんのおかげで、やっと安心して通学できる体制ができたのでした。

ローチさん一家は私を歓迎してくださいましたが、ミセス・ローチのご負担は非常に大きなものだと感じました。彼女は私の英作文のチェックまでしてくれる親切な方だったのです。いつまでもローチさんの家にお世話になるのはあまりに気の毒なので、私はアルバイトを探して独立しようと考えるようになりました。

しかし、留学生に関する移民法では、アルバイトは入国の一年後にスポンサーの経済状態が極度に悪くなり、経済的な援助ができないようになった場合だけ許可されるのでした。当然のこと、私のケースは、それに該当しませんでした。途方に暮れていると、ハワイ大学の新留学生を対象に、ホノルル移民局の担当者がこの法律の説明をしに大学へ来る機会がありました。説明会が終わったあと、私はこの官吏に自分の事情を詳しく説明し、例外は認められないのかを確認したのです。

すると、「そういうことなら、私の車で移民局まで一緒に来なさい。週二十時間のアルバイトの許可をあげるから」と笑顔で言ってくださり、自分の事務所に連れて行って、その場で許可書を発行してくれたのでした。移民局管理の例外を即座に認めてくれたことに心から感謝しながら、その日はバスで帰りました。

第六章

ハワイ大学での学業とハウスボーイのアルバイト

最初の学期

大学に入学を許可されていても、留学生の全学生は英語の能力テストにもう一度合格しなければ、正規の授業を履修することはできませんでした。私も例外ではなく、スピーキング、ヒアリング、英作文のテストを受けました。

日本で一生懸命勉強してきた甲斐もあってかすべてのテストに合格し、英語の補習授業をとらずともよくなりました。しかし、最初から現地の一年生の学生と同じように、苦しむ羽目になったのです。

留学生は前期で十二単位を取得することが移民法で要請されていましたから、私は世界史151、英語100、スピーチ150と体育101の四科目に履修登録をしました。

世界史の授業は、大講堂で八百人ほどの学生に教授が一度講義をして、二回目と三回目は「ラボ」と呼ばれるクラスにそれぞれ三十人ほどの学生が分けられ、助手の大学院生がディスカッションをリードし、質問に答えてくれる、というものでした。

ところが、ヒアリングには自信があったはずの私は、その最初の講義がさっぱり理解できなかったのです。この授業の教科書は、三百五十頁もある本と、二百頁の副読本でした。留学生のオリエンテーションのパンフレットには、一時間の講義に対して三時間の予習と一時間の復習をすべし、と書いてあります。しかしアルバイトをしていた私には、そんな時間の余裕はありませんでした。

四苦八苦しているうちに、三週目の中間試験がやってきました。この試験はマル・バツ式ではなくエッセイ、いわば小論文方式で、解答を書くのがひと苦労でした。そして心配していた四週目、不合格の見込みを通告するシンチノートと呼ばれる小さな赤紙が私の郵便箱に入っていたのです。

これにはびっくりして、外国人学生相談室長のマッケイヴ先生に相談に行きました。すると先生はニコニコしながら、「今晩私とヘミングウェイ先生と、学生食堂で食事をしましょう。相談にのってあげるから」と言ってくださいました。そうして先生は、その晩自宅に帰らず、私のために夕食を共にしてくれたのです。先生は、「シンチノートは、次のテストは頑張りなさいという警告で、落第ではないのですよ」と説明してくれました。それから、担当のマーギルス教授に、彼のオフィスアワーに相談に行きなさいと勧めてくれました。

私は勇気を出して、おどおどしながらもマーギルス教授に面会に行きました。教授は親切な人で、「講義の要点をノートにとり、その日の講義で扱う教科書の章の序文と結論を読みなさい」と助言してくれました。おかげで最終試験に合格することができ、この授業の成績はBでした。

英語100はというと、日本人留学生にとって最も難しく、かつ前期の必修科目でした。私は英語の補習授業の英作文を履修する必要がなく、はじめから正規の授業を履修することになったので、かえってハンデがありました。ともあれ、このクラスは外国人留学生だけのために設けられたもので、学生は日本人、中国人、韓国人、パラオ人、フィリピン人などでした。

先生はフレッド・ウエスト講師というたいへん親切な方で、留学生を長年教えた経験があり、学生がよく間違えるポイントを注意してくれました。毎週の宿題は、与えられたテーマについて、各自が自力で考えてエッセイを書くというものでした。この宿題にはとても時間がかかり、クラスメートと同じく、私も苦労をしていました。ウエスト先生は、赤ペンで遠慮なく間違いの指摘と訂正をして、作文を返すのでした。もちろん、私の作文にも赤ペンのコメントがいくつもありました。そこで私は、このエッセイの原稿を提出するまえにチェックしてくれるハワイ大学の学生が、誰かいないかと探しはじめたのです。

ある日、水泳の授業の学生にタオルを渡す仕事をしている日系のグラデスおばさんに挨拶をしました。彼女は私を見るなり、「あんたジャパン・ボーイか」と聞いてきました。英語で答えると、「なかなか英語がうまいじゃないか。あんたはブッダ・ヘッドじゃないね」と彼女は笑います。ブッダ・ヘッドとはお地蔵さんの石頭のことで、頭が固くて英語が下手な日本人をバカにする呼び名です。私は英語がうまいのでバカにされなかったというわけです。こうして知り合ったグラデスおばさんが、お煎餅やおむすびをときどき私にくれるだけでなく、たびたび私の泣き言を聞いてくれるようになったのでした。

ある日、水泳の授業が終わって、英作文の授業で苦労していることをおばさんにこぼすと、「それじゃあ、英語の先生になる勉強をしている四年生の女子学生を紹介してあげよう」と言って、プールサイドで友達と雑談をしていたビートレス榎木を紹介してくれました。カワイ島生まれの小柄な女性のビートレスは、親切にも私の作文を添削する約束をしてくれて、それから私は毎週彼女に会い、提出前の宿題エッセイをチェックしてもらうようになりました。彼女のおかげで、英語100の成績はAをもらうことができたのでした。

スピーチ150の担当のオーランド・ラフォージ教授は、有名なダニエル井上上院議員のワシントンの事務所で、スピーチ・ライターとして四年間勤務していた人です。たいへん人柄の良い先生で、とても楽しい授業でした。また、この授業は日系人が嫌いな講座のようで少人数でしたから、個人的な指導を受けることができたのでした。私は授業でスピーチをする前の晩には下宿の部屋で大声を出して練習をしていました。それで隣の家の人たちは私がスピーチの授業をとっていることを知ったそうです。この授業がきっかけになって、のちにスピーチ学を専攻することにもなったくらいです。日本ではあまり馴染みがないかもしれませんが、スピーチ学というのは、口頭言語による伝達の理論と伝達を探究する学問の分野です。懸命な努力の甲斐あって、このクラスの成績もAでした。

体育101は、一九五二年のヘルシンキ・オリンピックの水泳競技チャンピオンで、ハワイ生まれのフォード紺野を指導した有名な坂本宗一先生でした。先生はマウイ島のYMCAのコーチ時代に、砂糖キビ耕地の水路を使ってオリンピックに出場できるレベルの水泳の選手を何人も育てたことで知られています。先生の授業は、短い講義の後で、実際にプールに入って泳ぎ方を習うというものでした。クロール、平泳ぎ、背泳ぎなどと呼吸の正しい仕方などを教わりました。最終試験は十五メートルを泳ぎ切ることで、無事合格し、理論の試験もやさしかったので、成績はAでした。

こうして最初の学期の成績は、ほんとうに不安ばかりでしたが、世界史151がB、英語101がA、スピーチ150がA、体育101がAで、平均点(GPA)は三・四でした。最終的には、自分でも驚くほど良い成績がとれたのです。

日本人学生代表としてハワイ大学主催の教育者大会でスピーチ

ある日の午後、留学生相談室長のマッケイヴ先生と雑談をしていたら、中国系の学生が顔を出して、「日本人の代表に、リトル・ホワイトハウス・カンファレンスでスピーチをしてもらいたいのですが、誰かふさわしい人はいませんか」と先生に尋ねてきました。すると、先生は「ここに英語のうまい日本人学生がいるよ。彼に頼みなさい」と気軽に言います。私は何のことかさっぱりわかりませんでしたが、先生が推薦するのだからと、その場で「OK」と言ってしまいました。

このカンファレンスは、一九六〇年十一月十六日から十九日にかけてワイキキのクィーンズ・ビーチの野外レストランで開催された、子供と青年の教育に関する研究会議でした。参加者は、ハワイ大学の学生代表者、ハワイ教育局のトップ、教育者団体、ロータリー・クラブやライオンズ・クラブといった慈善団体の有力者の人たちでした。

まず、何を話したらいいのか、準備をどうしたらいいのか、まったくわからず困ってしまいました。そこで、大会の目的を尋ねてみたところ、それは「ハワイ大学の学生と外国人留学生の代表に大学教育の実情を発表してもらい、それらを比較して、大学教育の質の向上のヒントを得ること」だといいます。ちょうどその頃、日本の大学は全学連の暴徒に振り回され、正規の授業ができない状態でした。そこで、素晴らしい自然環境とのびのびとした社会環境のなかで勉強に励むことができるハワイの大学生に比して、惨めな状況にある日本の大学生の問題をテーマにスピーチをすることにしました。

スピーチの原稿をマッケイヴ先生に見せると、「和夫は英語を話すのは上手だが、文章を書かせると文法の間違いばかりだ」と叱られました。そして、先生は徹底的に赤ペンを入れてくださったうえで、もう一度書き直してくるようにと言うのでした。すこしプライドに傷がつきましたが、一生懸命書き直して次の日に持って行くと、今度は先生の前で読むことを命じられました。他の職員や学生が出入りしている先生の事務所での練習でしたから、恥ずかしい思いもしましたが、何度も先生のコメントを聞き、必死に練習しました。

当日、会場に行き、他の四人の学生代表と壇上から聴衆の方を見て、仰天しました。なんと千人以上の人がこちらに視線を向けているのです。覚悟を決めて全力で頑張りました。スピーチに夢中で演台にしがみついていたせいか、終わったときには両手がしびれていました。しかし、四、五人の人が演台に近づいてきて「グッド・スピーチ」と言いながら握手をしてくれたときには、じつに嬉しかったです。そして、二週間後にライオンズ・クラブの集会で同じスピーチをする招待を受けたのでした。この大会でのスピーチがきっかけになって、新しい友達とホスト・ファミリーができ、ハワイでの生活がより一層楽しくなりました。

ハウスボーイのアルバイトの苦労

しかしハワイでの留学生活は、楽しいことばかりではありませんでした。スポンサーの経済援助がない私は、自分の生活費を稼がなければ、留学を続けることができなかったからです。

十二月のはじめごろ、ローチさんが「アルバイトを探してあげたよ。リーフ・ホテルのハウスボーイ総支配人のネーフラーさんが、仕事があると電話してきたんだ。明日、学校の帰りに面接に行きなさい」と連絡してきました。ハウスボーイの仕事というのが何なのか知りませんでしたが、とにかく言われた通り、ネーフラー支配人を尋ねて行きました。

リーフ・ホテルは、ワイキキの海岸の真ん中にあって、ホテル業界では有名なロイ・ケリーさんがオーナー兼創立者でした。私が自己紹介をすると、「すぐに人事課に行って、申し込みをしなさい」と言われたので、人事課の事務所に行き、雇用申込書に必要な情報を書き込み提出したところ、担当者の女性から、「仕事は来週の月曜日からです。勤務時間は午後五時から十一時まで。時間給は一ドル五十三セントです。四時四十五分までに、ホテルの地下の管理人室に来るんですよ。先輩のロレンゾが仕事を教えてくれますから」と指示を受けました。

このハウスボーイの仕事は夜勤なので、カネオヘのローチさんの家からワイキキに通勤するのは無理でした。それで、大学の近くのバプテスト学生センターに下宿することにしましたが、それでもバスの便が悪く、乗り換えに時間がかかるので、自転車を買って自転車通勤をすることにしました。宿舎からワイキキのホテルまで、二十分ほどかかりました。

最初の日は四時にホテルに行ってロレンゾを探し、仕事を教えてくださいと頼みました。彼はフィリピンからの移民で、四十歳ぐらいの男性でした。彼の英語は訛りがひどくて理解に苦しみましたが、身振り手振りを交えたり、実際に掃除道具を見せてもらったりして、なんとかその日の仕事は無事に乗り切りました。

毎晩の仕事は、フロントマネージャーの指示にしたがってロビーの灰皿からタバコの吸殻を回収したり、ごみを拾い集めたり、メイドさんが帰った後にチェックアウト済みの部屋を掃除したり、ベッド・メイキングをしたりすることでした。ときには幼児用のベビークリブを部屋に設置したり、新婚さんが求めるダブルベットをひとりで運ぶことも、洗濯済みのタオルを部屋に届けるのも私の仕事でした。詰まったトイレをプランジャーで流したり、床に落ちた濡れタオルを拾うなど、不潔極まりない仕事もありました。

東京ではパンアメリカン航空会社の社員としてお高くとまっていた私には、ハウスボーイはたまらなく嫌な仕事でした。ある夜のこと、知り合いのグラデス礒金にリーフ・ホテルのロビーで出くわすということがありました。グラデスは、ハウスボーイの作業服を着てタバコの吸い殻を拾っている私を見るなり、「西山さん、何してんの！」と心底びっくりして声をかけてきました。その晩はとても不愉快で、よく眠れませんでした。

しかしその次の晩、猛省を促される出会いがあったのです。ホテルの地下室で一緒に洗濯し、タオルを畳んでいたおばさんに、自分は苦労して大学で勉強しているのだとこぼしたのでした。すると彼女が猛烈に怒り出して、「お黙んなさい、英語ができて、ジャパンから来て大学で学べるなんて、十分ラッキーじゃないか」と言うのです。私はすっかり肝を潰して、返す言葉がありませんでした。

それからおばさんは、自分の身の上話をはじめました。「私はピクチャー・ブライドで広島の田舎からハワイに来て、会ったことのない夫と夫婦になって、子供を産んで、砂糖キビ畑で働かされてさ、ほんとうに苦労したもんだよ。あんたなんか、ラッキー・ボーイだよ」とお説教されたのです。ピクチャー・ブライドというのは、ハワイやアメリカに移住した男性と写真や履歴書だけを交換して、実際に会うことのないまま結婚して渡航するという習慣で、当時はまだまだこういったことが当たり前に行なわれていたのです。

このおばさんとの出会いは、もう十分に恵まれていながらも、いちいち細かな生活の不便に不満をこぼさずにはいられない自分を見つめ直す、大切な教訓になりました。

父の西山紬店の倒産と帰国願い

一九六〇年九月からのハワイ留学をはじめて三ヵ月が経ち、やっとハワイの生活が軌道に乗ってきたころ、父からの速達がバプテスト学生センターに住んでいた私に届きました。

驚いて封を切ってみると、「店が倒産して、財産が結城信用金庫に差し押さえられてしまった。ついては日本にすぐ帰ってパンアメリカンに復職して、借金の返済を手伝ってくれないか」との文面でした。手紙には差し押さえの赤紙も同封されていました。無給休暇をとるまえの私の給与は五万三千円でしたから、父はそれをあてにして、帰国を嘆願してきたのです。私は凄まじいジレンマに苛まれました。助けてあげたい。けれども、何年もかけてさまざまな難関を乗り越え、やっと夢に見た留学生活を送っているいま、そう簡単に帰国するわけにはいかない、という思いを抑えることができなかったのです。

そこで、たいへんお世話になっていたオリベット・バプテスト教会の平野牧師に相談することにしました。先生は一月に東京に行く用事があるので、私の家族に会って事情を聞くことを約束してくれました。そして先生は、東京のデパートに勤めていた妹の道子に会って話を聞き、ハワイに帰ってから報告してくれたのです。

妹からの伝言は、「お兄さんが帰ってきて、月給から借金の返済を手伝っても焼け石に水だから、いまはハワイで頑張ってください」というものでした。妹は父をすこしでも助けるために、東京のアパートを引き払って実家に戻り、片道三時間もかけて結城から東京へ通勤していたそうです。私も手持ちのドルをすこしだけ同封して、父に断りの手紙を出しました。

妹が犠牲を払って私の留学を支援してくれたことには、いまでも心から感謝しています。こうしたさまざまな出来事のなかで、ただ勉学に励むだけでなく、自分の人間性を見つめ直す機会を何度も恵まれたというのも、私の幸運のひとつにちがいありません。

第七章　ハワイ大学での学士号取得

長期留学の決断と山隈健二記念奨学金

留学して二年目の一月末に、留学生相談室長のマッケイヴ先生から、「授業料免除の奨学金を出してもらえる」という電話が入りました。これは日系のビジネスマンであった山隈健二氏の遺言によって設立され、毎年二人の優秀な留学生に与えられていた奨学金で、私がそのひとりに選ばれたというのです。

こんなことはまったく期待していなかったので、私は大喜びでした。この奨学金が、私の長期留学を決心させた理由のひとつです。この奨学金をもらえる条件はたいへん厳しく、成績の平均点が三点以上（A＝四点、B＝三点、C＝二点、D＝一点、F＝〇点）であることを求められました。私は幸い最初の学期に三・四の平均点がとれていたために、この奨学金が貰えたのでした。

しかし、この成績を維持できなければ、次の学期には受給資格を失う決まりになっていました。夕方の五時から夜十一時までハウスボーイのアルバイトを週五日している私は、毎朝八時十分開始の授業に出るのに、それはそれは眠たくて苦労しました。けれども、さまざまな不安でよく眠れない日があっても、絶対に欠席をしない覚悟を決めて頑張りました。

欠席を許されないそんな状況のなか、ワイキキへの自転車通勤で困ったのは、宿舎のバプテスト学生センターが、夜によく雨の降るマノアにあったことです。夜の十一時過ぎに仕事から帰るときしばしば大雨になり、ずぶ濡れになって風邪をひくこともままありました。私の部屋の壁には、「意志あるところには、必ず道あり」とか「ナポレオン曰く、不可能という言葉は私の辞書にはない」とか、その他にも聖書の教えの言葉を書いたりしたノートの紙があちこちに貼ってありました。そうした言葉で自分を鼓舞していたのです。また、坂本九さんの「上を向いて歩こう　涙がこぼれないように」の歌を大声で歌っては、自分を慰めたりもしました。

スピーチ学専攻の決心

一九六一年の春の学期から、スピーチ学を専門に研究している学科を専攻する決心をしました。このスピーチ科では、演説の技術や説得戦略、対人コミュニケーション、小説や詩の朗読、音声学、発音学、言語障碍の治療法など、英語の口頭運用に関する研究がなされていました。パンアメリカン航空会社勤務中、話す英語の重要性を嫌というほど思い知らされていた私は、留学生には難しいのを承知のうえで、この分野にチャレンジしようと思ったのです。日本人の同級生からは、「スピーチなんか専攻すると落第するぞ」と冷やかされたりもして、実際、留学生が一番避けている専攻ですから、不安がないわけではありませんでしたが、人一倍努力しました。

当時は、Stamp Out Pidgin English（ピジン英語撲滅）と呼ばれたプログラムがありました。ピジン英語というのは、英語と現地語が混合してできた接触言語、雑駁《ざっぱく》に言えば俗語のことで、そうした英語を話すハワイ大学の新入生には、標準語の英語が教授されるのです。新入生は、全員がスピーチの先生との面接を受けて、もしひどいピジン英語しか話せなければこの特別授業に登録され、そこでの試験に合格しなければ卒業できませんでした。しかも、この授業の単位は通常の授業単位には加算されなかったのです（現在は俗語を話す学生が少なくなったので、この制度はなくなりました）。

スピーチを専攻する生徒の難関は、スピーチ科の学科長か教授が担当する、必須科目である発音学の授業単位を取得することでした。この授業は、アメリカン・イングリッシュの発音の比較研究とも呼ばれ、中部アメリカの標準語と南部アメリカの方言、ボストン地区の訛り、イギリス英語などを含めて学びます。私は講義そのものにはなんとかついていけたものの、問題は、先生が読む文章を聞いてその文章を発音記号で書き取り、それにアクセントとイントネーションのマークを付けて提出するというたいへん難しい課題でした。私には、単語を読まれるだけでは「L」と「R」の違いがわからないというハンデがあったのです。しかし、この授業で落第してしまうと、奨学金がなくなるどころか、スピーチ学の専攻すらできなくなってしまうのでした。

そこで私はすぐに、いつもお世話になっているマッケイヴ先生に相談に行きました。幸運なことに、マッケイヴ先生は以前スピーチ科で講師をしていて、発音学に詳しい方でした。先生は、「それじゃあ、毎朝その授業の三十分前にここに来なさい。私が宿題の文章を読んであげるから、書き取りの練習をしましょう」と助け船を出してくれたのです。この先生の協力のおかげで、発音学の成績はBでした。クラスメイトでアメリカ人のキャロルが、「ジャパン・ボーイでBが取れたの？　私はやっとCが取れたよ」と冷やかされたものです。

こうしてまたひとつの難関を越えて、次なる挑戦を考えました。

言語障碍者の発声訓練クラス

もうひとつの必須科目に、聴覚障碍者に言葉が話せるよう指導する方法を研究する授業がありました。担当の教授はジーン・リター教授で、非常に研究に熱心な先生です。私が日本人で、英語の正しい発音の仕方に興味があることを知ると、ラボでの言語障碍者の発声訓練を実際に見せてくれました。

この訓練の対象者は、先天的に耳が聞こえない子供たちや、交通事故などで被った前脳の障碍で言葉を忘れてしまった大人たちです。耳の聞こえない小学生が、先生の口の動かし方をじっと見つめて真似をします。また、右手を喉に当てて、喉と口の筋肉の動きを手で感じながら発音する訓練もありました。英語には日本語にない発音がありますから、正しい発音のためには、口と舌とを正しく動かさねばなりません。私も耳の不自由な子供たちと同じく、正しい英語の発音を習おうとラボに通うことにしました。リター教授は発音訓練に対する私の熱心さに驚嘆していました。先生の研究室の助教や講師も、気が狂ったように発音訓練に熱中する日本人学生に、心底驚いていたにちがいありません。私はというと、先生の発音訓練と引き換えに、日本語レッスンを先生にする約束をしました。

それに加えて、ハワイ東本願寺別院で日系人のメンバーが多いトーストマスターズに加盟して、毎週一回のスピーチ・トレーニングにも挑戦しました。トーストマスターズとは、効果的な口頭コミュニケーションの啓発運動を普及させることを目標とする国際団体です。このクラブのミーティングは、メンバーのひとりひとりが短いスピーチをして、他のメンバーの批評を受けるという仕組みでした。スピーチ専攻の私にとって、このクラブでの体験は非常に有意義なものとなりました。

旅行会社への転職

ホテルでのハウスボーイの仕事は夜遅くまでの勤務で、朝早い時間の授業に出るのが辛い日がままありました。そこで一九六二年の一学期になると、別の仕事を探しはじめました。

幸い、友人の紹介で小林旅行社の予約課に採用され、東京のパンアメリカン航空会社での自分の経験を生かすことができるようになったのでした。時間給は二ドルでしたが、普通のサラリーマン生活のような昼間の勤務に戻れたのです。しかし、あくまで学生アルバイトですから、週に二十時間以上は働けませんでした。そんなわけで、朝八時十分からの授業を受け、十二時頃までに授業と宿題を済ませて、午後の一時から六時までの勤務にしてもらいました。

小林旅行社の正式の名前は Kobayashi Hotel Travel Service で、三階建ての自社ビルの一階にあり、隣には都レストランがありました。顧客には十数年前に移民してきた日本人の高齢者や、日系の二世と三世が多かったので、私の旅行に関する専門知識と日英両言語の能力が、非常に役に立ちました。主な仕事のひとつは、砂糖キビ畑の仕事を退職した一世の人たちの、里帰り観光団参加のお世話をすることでした。小林旅行社の先代は、広島県地御前《じごぜん》村（現・廿日市市地御前地区）の村長さんで、貧しい村の人々を連れてハワイに移民した人でした。したがって、英語のほとんどできない村から移民した人々のお世話をする役目を果たしていたのです。

旅行の手配だけではなく、旅券の申請、再入国許可書の取得、戸籍謄本や抄本の翻訳、遺産相続の補助、餞別のお礼の代筆、住所登録の署名証明など、さまざまな仕事がありました。当時、アメリカ市民でない居住者には毎年一月に住所登録をする義務があり、登録のカードにローマ字でサインしなければなりませんでした。そのサインさえできない人々は、Xマークをして本人のサインに替え、その承認の証に私が自分のサインをしたのです。私の仕事には、航空会社や船会社と予約の連絡や発券をするほかに、英語のわからない年配の顧客のために英語の書類を読んであげたり、翻訳をしてあげることも含まれていました。

こうした仕事のなか、砂糖キビ耕地の日雇い労働者として出稼ぎに来て、ハワイに永住した六十代の一世に毎日のように接していました。移民した日本人労働者は奴隷に近い生活を強いられ、ほんとうに苦労されたという話を何度も聞かされました。この会社での仕事を通じて、日本人移民の歴史と日系社会の実情を知ることができましたし、自分の留学生としての苦労など、苦労と呼べるほどのものではないと自覚することになります。このように成功と反省の機会を交互に与えられなければ、いまの私という人間はあり得なかったでしょう。

小林旅行社に働きはじめてから二年目の春には、とんでもないことがおきました。小林旅行社で毎年春と秋に日本に連れていく里帰り観光団の団長のロイ船越さんが、独立してスター旅行社を創立したのです。そして他の旅行会社に勤めていた女性をマネージャとしてリクルートしようとしたのですが、土壇場でキャンセルされてしまったのでした。困り果ててしまった船越さんは、私にマネージャーになってくれと頼んできたのです。私はハワイ大学の三年生で週二十時間しか働けませんので、とうていマネージャーになれるはずはありませんでした。

しかしスター旅行社は、すでに事務所を借りてしまい、看板もつけている状態で、どうしても早急に資格のある人を雇って事業をはじめる必要がありました。国際航空協会が規定している旅行社のマネージャーの資格は、二年以上の旅行業務に関連するキャリアでした。私は三年半のパンアメリカン航空での経験があるので、小林旅行社での経験も併せると、十分な資格があったのです。

船越さんは夏休み期間は五百ドル、学期中は三百五十ドルを払ってくれる約束をしてくれました。それまでの時間給よりずいぶん高いので、私はつい引き受けてしまいました。するとやはり移民局から電話があり、叱られてしまいましたが、事情を丁寧に説明して、どうにか許可してもらうことができたのでした。担当の移民官は「あんまり働き過ぎるな」と警告して電話を切りましたが、おそらく奨学金をもらっている真面目な学生の私に同情してくれたのでしょう。

第八章　日系二世女性と結婚、そしてハワイ永住へ

結婚と長男誕生

一九六四年にはハワイ留学生活も四年目になり、三十歳になった頃、のちに家内となるフローレンス金栗を友人から紹介されました。彼女は私と同い年で、スター旅行社の近くのアトラス保険会社に勤めていました。日本を出発するとき、父に「和夫、青い目の嫁さんだけは勘弁してくれ」と言われたことが脳裡にあったのか、結婚するなら日系の女性がよいのではないか、と自分でも思っていました。

最初のデートは、彼女が招待してくれたアイスカペイド（アイス・スケート・ショー）でした。彼女の家までボロ車で迎えに行き、両親にも会いました。父はハワイの親戚の招きで移民してきた金栗八郎さんで、熊本師範学校中退でしたが、あの年代の日本人移民のなかでは稀な高等教育を受けた人でした。以前に熊本県人会の会長をしたこともあり、弓道の先生をしていました。また、マラソンの父として日本では有名な金栗四三の親戚でもあるそうです。母は十四歳のときに広島の地御前村から父親に呼び寄せられてハワイに移民し、裕福な白人の家でメイドをしたことがある人でした。

フローレンスとデートをしはじめると、週末は家族ぐるみの夕食やビーチ・ピクニックに招いてくれるようになりました。「愛は胃袋を通る＝love goes through the stomach」とは、「ご馳走を食べさせると好きになってくれる」という意味のアメリカ人のジョークですが、彼女の母親は料理が得意でした。彼女との交際はどんどん発展していき、彼女だけでなく彼女の家族とも親しくなり、結婚も考えるようになりました。しかし、貧乏学生の身分では結婚など不可能でしたから、卒業するまで結婚の話はしないことにしていたのです。

ところが彼女の父親が、結婚式の費用を出してやるから早く結婚しなさいと、言い出しました。日本の父に相談すると、金栗の熊本の実家を調べてから返事するとのことでした。青い目の嫁よりも、日系の金栗家の娘ならよいだろう、と父は賛成してくれました。私はというと、当初はあまり乗り気ではありませんでしたが、長男として将来は実家に経済的な援助をする私の意向に反対しなかった彼女と、ついに結婚する決心をしたのでした。

彼女の母親はというと、「ジャパン・ボーイと結婚すると苦労するから駄目だ」と家族に漏らしていたことを、結婚後に知らされました。そうは言っても、金栗家の長男の妻は帰米二世で、次男は日本人の妻をもらい、姉の夫はというと帰米二世なのでした。

留学生相談室のマッケイヴ先生も、フローレンスとの結婚について話したところ、反対されました。その理由はというと、彼女が四年制の大学を出ていないことと、はじめてのデートをしてから結婚までの期間があまりに短いことでした。

それでも私は、結婚の決断を翻すつもりにはなりませんでした。しかし問題は、妻と日本に帰るか、それともハワイに永住するかの決断です。

これにはたいへん悩まされました。日本に帰ってまたパンアメリカン航空会社に入社することは可能でしたが、九ヵ月の無給休暇は三年前にすでに使い果たしていますから、採用されるとしても新入社員としてでした。それにパンアメリカン航空会社は、労働組合を結成されて労働環境が変わっていました。

そこで、アメリカ市民権をもつ家内に世話になり、永住権を取得して、スター旅行社に卒業後も勤務すればよいではないか、と考えたのです。そして一九六四年六月二十六日、オリベット教会で平野牧師に結婚式を挙げてもらいました。日本から父も招待しました。披露宴は義理の父が資金を出してくれて、ニューオリエント・カフェで大勢のゲストを迎えて盛大に行ないました。ハラム韓国ダンス教室の生徒たちの華やかな韓国舞踊と音楽が余興でした。ハネムーンはカハラホテルのレジデント・マネージャーの厚意で、このうえなく楽しい二泊三日を過ごしました。

しかし、卒業するには秋にもう一学期大学に行き、必要な単位を取らなくてはなりませんから、大学近くのアパートを借りて新居を構えました。翌年の一九六五年一月に無事卒業し、ハワイ大学から待望の学士号を授与されました。卒業後、私はスター旅行社にフルタイムで勤務し、家内も保険会社の仕事を続けることになりました。

そうして、今度は新居を探しはじめました。妻の二番目の兄のハロルドが、ハラバ地区の一軒家を長男のパトリックから譲り受けて住んでいて、その近くで新しい住宅開発が進んでいるので、何件か家を見に行ったところ、目ぼしい家を見つけ、家内の貯金の四千ドルを頭金に、二万四百ドルの3ＬＤＫ一戸建てを、ハロルドの家の近くに買うことにしました。毎月のローン返済は百三十ドルで、支払いに問題はありませんでしたが、通勤には時間がかかりました。

この年のもうひとつの大きな出来事は、十一月二十六日の長男マークの誕生です。出産予定日から二週間も遅れたために、大きな赤ん坊でしたから、母親は九時間も奮闘したそうです。この日は大雨でしたから、病院に夕方に行くことができず、次の日の朝にやっと我が子に会うことができ、嬉しくて嬉しくて、小さな手に触れました。それを見咎められて看護婦さんに叱られたことも、未だに忘れられません。

小さな恩返しと新たなキャリアへの挑戦

翌一九六六年の三月、私がハワイに来てしまったあとに結城の実家で苦労をしていた妹の道子を呼び寄せて、ホノルルの美容学校に留学させました。私の代わりに苦汁を嘗めさせてしまった妹に、すこしでも恩返しをしたいと思ったのでした。

妹は当初、将来は永住権を取得して、ハワイで美容院を経営したいという希望をもっていました。ところが、スター旅行社の顧客の紹介で、六月頃にハワイ生まれの中国系男性マービン・チャンとお見合いをしたところ、彼が道子にぞっこん惚れ込んでしまい、十二月にはもう結婚することになりました。彼はヒッカム飛行場に勤務していましたが、その勤務時間を変えてまで、毎日午後は美容学校に道子を迎えに行ってデートをするほどの入れ込みようでしたから、その愛情に道子は感激したのでしょう。翌年には長女のマリアが生まれ、彼女は楽しいハワイの生活をはじめました。

そんななか、私は自分のキャリアを見つめ直していました。大学三年生の春から勤めていたスター旅行社の社長は、卒業し、結婚し、家を買って、子供が生まれても、五百ドルの月給を一ドルも上げてくれなかったのです。それに、彼の親族が経営に口を出すので、労働環境も悪化する一方でした。その頃、ジョン・ハンコック生命保険会社の西田チャトさんと親しくなり、生命保険のセールスをすることを勧められたのです。

大学で勉強したように一生懸命やれば、彼のように成功できるだろうと思い、私はスター旅行社を退社しました。生命保険のセールスは、夕食後の時間に見込みのありそうな家庭を訪問し、生命保険の必要性を説得して申込書にサインをしてもらうというものでした。しかし、「ジャパン・ボーイ」のハンデが、セールス成果にはっきり出ることとなったのです。ハワイの高校から大学に進学したというわけではない私は、親しい日系人の友達もおらず、大学の同級生もセールスの対象にならず、一年後にはこの仕事を続けられないと悩むことになりました。

他のキャリアを真剣に考えていた矢先に、本願寺ミッション・スクールのイーディス田中校長先生に出会ったのです。先生との出会いは、弟の光男の留学のためにこの学校の特別英語科の願書を取りに行ったときでした。弟の入学手続きを終えて帰ろうとしたら、先生は私の個人的な事柄について尋ねてきたのです。「生命保険のセールスの仕事をしていますが、あまり順調に行っていないのです」と私は答えました。すると、「あなたのような日米両言語が堪能な人は、大学に戻って勉強をして、高等学校の先生になって日本語と日本文化を教えなさい」と、先生は突然勧められたのです。

初対面の人にまるで占いのような助言をされて、心底驚きましたが、その二週間後には、スピーチ科の学科長にアポを取って面談に行きました。すると、そのときはバウアー・エイリー教授が学科長代理をしていて、大学院の修士課程に入りたいという私の希望を聞くなり、「あなたは日本語のアクセントがあるから、スピーチの先生は無理だね」と、はっきり拒絶されてしまったのです。

これはもう駄目だ、旅行関係の仕事をまた探そう、と即座に思いました。それでも、突如降って湧いたような夢とはいえ、先生になる夢を簡単に諦めることもできませんでした。根っからのバカ正直で、じつのところビジネスにはあまり向かない性格の私は、一九六七年の春学期がはじまる三日前に、もう一度スピーチ科の学科長にお願いに行ったのです。

すると今度は、新任のリチャード・ライダー教授が相手をしてくれたのでした。先生は十分ほど私の話を聞くと、出し抜けに「来週の月曜日から大学院生の助手として雇ってやる。このテキストと助手のハンドブックを予習して来なさい」と言って、仕事をくれたのです。金曜日に仕事を貰い、三日後の月曜日から先生になるのですから、こちらは大慌てです。スピーチ学を専攻はしたけれど、教壇に立つのははじめてですから、学生の顔を見ることに恐れをなしました。けれども引き受けた以上は逃げるわけにいかず、大恥をかくのを覚悟で教壇に立つ決心をしたのです。助手の雇用条件は、授業料は免除で月給二百五十ドル、スピーチの授業を週三コマ担当することでした。

ライダー学科長の指示で、ふたりの教授にも面接を行なってもらいました。そのひとりのエリングス教授との面接中、「学生の評価が悪くてスピーチの先生が無理となったら、日本語の先生になるしかないでしょうか」と尋ねました。すると先生は、「砥石は刀を鋭く磨きますが、砥石そのものはただの石でしょう。自分は砥石だと思って、心配しないでスピーチの先生をしなさい」と言ってくれたのです。もうひとりのハインバーグ教授も、「あなたの英語に日本語訛りがあるのは、日本語が話せる証拠だと思いなさい。劣等感なんて感じる必要はありません」と励ましてくれました。

こうして大学院生になって助手の仕事をもらえたことで、新たな希望を胸に抱きながらの挑戦がはじまったのです。高等学校の先生になるのを薦めてくれた本願寺ミッション・スクールの田中先生と、留学したばかりの頃からたいへんお世話になっているマッケイヴ先生も精神的に支えてくださいました。おふたりは「和夫を励ます昼食会」を、一学期に二、三度催してくださいました。数名の先生方の心からの励ましと助言のおかげで、私は新たなキャリアの第一歩を踏み出すことができたのです。

ハワイ大学の修士課程は、春の学期に九単位、夏季講座の前期と後期で十二単位、秋の学期で九単位を取り、一九六七年一月から翌年一月のまる一年で修了できました。息子のマークが一歳になったばかりでしたから、妹の道子にベビーシッターを頼んで、家内にはハワイ銀行で働いてもらいました。子供がいて、家のローンの支払いもあるなかで、常識ではとても考えられない冒険だったと思います。

ミネソタ大学のハウエル教授との出会い

助手の仕事にすこし慣れてきた二学期目に、ミネソタ大学から客員教授としてスピーチ科にいらっしゃっていたウィリアム・ハウエル教授のゼミを履修しました。そこで教えられていたのは異文化コミュニケーションという新しい分野で、文化習慣や言葉の相違から発生する意思疎通の問題の研究でした。パンアメリカン航空会社で羽田空港に勤務していたとき、さまざまな国から来る乗客との異文化コミュニケーションを三年半も実践していた私は、このゼミに深い興味をもったのです。そして自身の経験を生かして、積極的にクラス・ディスカッションに参加したのでした。

ある日のこと、先生に個人的な相談に行くと、「あなたみたいに性格の良いフレンドリーな若者は、教授になるといいね」と言われました。異文化コミュニケーションのゼミで知り合って間もない者に、先生がそんなことを言ってくださることに、たいへん驚きました。大学教授になるなんて私にとっては夢のまた夢でしたが、ハウエル教授はミネソタ大学に来るように本気で勧めてくれました。

それで、真剣に熟考してから、先生を信用して、博士号の取得に本気で挑戦する決心をしたのです。ところが家内も義母も大反対でした。義母は「和夫さん、ジョージという婿は大工さんで一時間五ドルも稼ぐのに、なんであなたはミネソタ大学まで娘を連れて行くのだ」と、ハワイで仕事を探すよう私を説得しようとしてきました。

けれどもハウエル先生は、准講師の仕事をアレンジしてくださるだけでなく、既婚学生のためのアパートも確保してくれたのでした。そうまでして誘ってくださる先生のご厚意を、私は無下にはできませんでした。私はすでに三十五歳で、息子のマークは二歳、家内も白人の世界に飛び込んで生活するのは不安です。白人学生だけの授業で日本人の私がスピーチを教える自信もありません。しかし、日米異文化コミュニケーション研究の先駆者になりたいという大それた野望があり、このチャンスを逃すことはできませんでした。

そうして、周りの反対を押し切り、家内と息子を連れてミネソタに引っ越すことにしたのです。出発のまえ、イスラエル巡業の途中でハワイに立ち寄ってくれた東京の友人で、パンアメリカン航空会社の旅客課の同僚だった日高博君も、「西山くん、これは無茶だよ。もし失敗したらどうするんだい」と冷や水をかけてきました。けれども私は、「失敗はしないよ。冒険をしないと、宝物は見つからないじゃないか」と返したのでした。このときは、妹の道子が中国系アメリカ人と結婚して長女のマリアが生まれたばかりのことでしたが、妹にもとても心配をかけました。それでも、私は諦められなかったのです。

ハウエル教授は三カ月後にミネアポリスへ帰られましたが、私のミネソタ大学の博士課程入学許可を得るために、個人的に尽力してくださいました。博士課程入学のためには、修士課程の優秀な成績だけでなく、強力な推薦状とエッセイ、そして十五頁の論文が必要でした。推薦状はハウエル教授と、先生の教え子で一学期前に博士号を取得してハワイ大学に新任の助教授として着任されたエクロス先生が書いてくださました。この先生は、異文化コミュニケーションに関する論文や専門学術記事を分析して博士論文を書いた先輩でした。幸運なことに私は、ハワイ大学のエクロス助教授のゼミを履修して、個人的な指導を受けることができました。先生は、ミネソタ大学での学生生活の要領も教えてくださいました。

かくして準備は万端となり、ミネアポリス行きは、ノースウエスト航空会社の友達に頼んで、シアトル経由にしてもらいました。そのうえ超過荷物も無料で載せてもらい、ハワイのお土産を含む十三個もの荷物を携えて——。

ミネアポリスの空港に到着すると、ハウエル教授と奥様が二台の車で迎えてくれ、コモ・パークのアパートに連れて行ってくださいました。まったく、一から十まで先生にお世話になったのです。

第九章　ミネソタ大学での博士号取得まで

学生生活のはじまり

三月からの学期がはじまる二週間前にミネアポリスに到着した私と家族は、コモ・パークのコモンウェルス・テラスの一室に住むことになりました。この二階建て八ユニットの建物のアパートの家賃は格安の月八十ドルで、小さな子供をもつ大学院生たちの家族が暮らしていました。私の家族以外にはアジア人の家族はおらず、近所の子供たちには珍しいのか、ずいぶん好奇の目で見られました。

この家はミネソタ大学のセント・ポール・キャンパスの近くで、私の勤務先のミネアポリス・キャンパスまでは車で十五分ほどかかります。まずは車を買わなくてはなりませんでした。隣の部屋の大学院生のティモシーが近くの自動車代理店に連れて行ってくれて、ドッジ社のシグネットの新車を二千ドルで買いました。新車を買ったのは、ミネソタの冬は厳しいから中古車はよくない、とアドバイスされたからです。ここでもまたハウエル教授にお世話になり、ローンの保証人になってもらいました。

アパートでの家族との生活がなんとかできるようになったので、勤務先の大学の事務所へ挨拶に行きました。まずはスピーチ・コミュニケーション科の学科長グラハム教授に挨拶をしてから、自分の所属することになる研究室を訪ねると、八人の博士候補生がいる大部屋でした。准講師としての私の仕事は、必須科目であるスピーチ5のクラスを二コマを教えることでした。

この科目はスピーチの方法を理論的に教えるだけではなく、実際にひとりひとりの学生にスピーチをさせ、それをテープに録音して採点をするという、なかなか面倒な形式のものでした。日本人の私が白人ネイティヴ・スピーカーのスピーチを批評し採点するわけですから、学生からの抵抗や批判もあるだろうと覚悟はしていました。それでも、スピーチについての知識を自分は十分にもっていると自負して、この科目を教える努力をしていました。

ミネソタ大学はビッグ・ファイヴと呼ばれる大きな大学のひとつで、約七万人の学生が通い、ミネアポリス・キャンパスとセント・ポール・キャンパスでは、広大なキャンパス内にバスが走っているのでした。スピーチ・コミュニケーション科の博士候補生も例外ではなく、七万人に比べれば非常に少ないとはいえ、博士課程としては十分に多い三十人もの大学院生がいました。この研究室では私が最初の日本人どころか最初のアジア人でしたから、ずいぶん目立ったのではないかと思います。

さて、家族連れですから、生活費のことも考えなくてはなりませんでした。月給は三百五十ドル、それも授業のある期間の九ヵ月分だけで、夏休み中は一切収入がありません。学費援助事務所の担当者にアポイントを取って相談に行き、ハワイの家を売って学費と生活費を捻出するというこちらの考えを話したところ、連邦政府が保証する学生ローンを借りて、卒業後に返済すればよい、とアドバイスしてくれました。このローンは修学中は無利子で、卒業後の七ヵ月後から低利子で分割払いができるシステムでした。そこで私は、思い切って五千ドルのローンを申し込みました。

それから、マークはベビーシッターに預けて、家内にはアパートの経営事務所でアルバイトをしてもらいました。また、経済的な理由を条件とする奨学金にも申し込みました。これでようやく、心配なく勉強に集中できるようになったのでした。

大学院のゼミは午後の三時頃からはじまり、担当の教授の指導のもとで三時間ほどリポート・ディスカッションを続けるのが毎日の主な活動でした。担当の教授が専門に研究をしている教科書、学会誌の論文、最近発表された最新の研究などをゼミ生たちに振り分け、ゼミ生たちは指定された資料を読んで分析し、毎回ひとりのゼミ生が代表となってそれらの資料を要約したプリントを他のゼミ生たちに配り、それを基にディスカッションを行なう、というのが基本的な流れです。教授は、発表者以外にも意見の交換を勧めるとともに、厳しい質問もしてきます。発表担当の学生が十分に問題を理解していないと、当然成績は悪くなりました。また、ディスカッションに積極的に参加しない学生も、その日の分の資料を予習していないと見なされ、成績は悪くなります。ゼミ担当の教授のなかには意地の悪い先生もいて、議論のテーマを十分に理解していないような発言を学生がするとこれ見よがしに批判したり、皮肉を言うこともありました。

ゼミの最終課題は、特定のテーマについて三十頁以上の論文を書いて提出することでした。論文の採点も厳しく、採点済みの自分の論文が返されるまでは、決して安心できませんでした。そのうえに、ミネソタ大学は一学期が十週間の四期制度でしたから、ひとつの学期が終わったと思えば、すぐに次の学期末が来て、目が回るように忙しい毎日でした。

大学での毎日と家族サービス

私は毎朝六時に起きて、七時半までに研究室に着くように家を出ていました。自分が教える科目は八時十分開始で、二つ目の科目が十一時に終わります。それから研究室に帰り、次回の授業に必要な準備をしてから、午後に自分が出席するゼミの準備にかかりました。午後の二、三時間だけでは担当教授から指定された研究資料の予習が十分にはできないので、平日は夕食を食べに家に帰ることはせず、大学近くの日本食堂で安い食事をして、夜の十一時頃まで研究室に立てこもって勉強していました。土曜日も、ハウエル教授に助言をもらい、近況報告をするために大学へ通っていました。

こんな調子の生活ですから、家族サービスはあまりできませんでしたが、日曜日には近くのコモ動物園に家族を連れて行ったり、魚釣りをしたりしました。毎晩ひとりで遅くまで勉強していて親しくなった大学の清掃員のジャック・クラディさんが、魚釣りに誘ってくれたこともありました。ハウエル教授は自宅での夕食に私たち一家を何度も招待してくださいました。一度、日本式の竈で焼いた大きなステーキをご馳走してくれたことを覚えています。息子のマークを「日本人の孫」と言ってかわいがってくれました。この「日本人の孫」は、その後ハワイ大学四年生になったとき、ミネアポリスを訪ねてハウエル教授と再会することができました。

そのほかにも、幸い、ハワイからミネソタ大学に来て勉強していたペニー・パイクとジョー・ブラットンが同じ期間にミネアポリスにいたので、ときどき集まっては食事をして楽しんでいました。雪の降る週末は、近くの丘に行ってソリに乗って遊んだり、きれいな雪でアイスクリームを作って食べました。

そうこうしているうちに、ミネアポリス商工会議所の国際担当のオーリン・ハンセンや、3Mの藤岡さんなどビジネスマンの友達もでき、論文や研究の協力をお願いすることもありました。こうした人々のおかげで、家族ともども、なんとか楽しい日々を送ることができたのです。

論文研究開始前のコースワーク

日本の大学での博士号取得のプロセスと異なり、アメリカの大学では自分の学科の教授だけでなく、他の学科の教授の担当科目からも、論文研究に関係のある三単位のゼミを十五科目履修しなければなりません。これはコースワークと呼ばれ、ゼミの成績がAかBでないと単位に加算されないという、たいへん厳しいものです。その他にも、外国語を二カ国語、あるいは一カ国語とコンピューター言語を習得しなければなりませんでした。私は幸い、スペイン語読解の特別講座を履修するのみで済みました。

母国語の日本語を論文研究に使うので、それが一外国語として認められたのです。

そしてコースワークが終わった時点で、リトゥン・コンプリヘンシヴと呼ばれる三日間の筆記試験があります。教えを受けた教授のひとりひとりから、ゼミで学んだ分野に関して広い範囲の問題を出題されるのですが、この試験の準備はゼミに出ているだけでは追いつかず、各専門分野で一般常識とされている最新の研究情報まで読んでおかなければなりません。これが一番の難関で、解答にはタイプライターを使い、木曜日に八時間、金曜日に八時間、土曜日に四時間と、二日半確保された時間内に、六人の教授全員からの質問に答えるのでした。たいへんな苦労をしましたが、幸運なことに一度で合格することができました。

次の難関は、オーラル・コンプリヘンシヴと呼ばれる口頭試問です。ここでは、五人の指導教授（三人が自分の学科の教授で、残りは他学科の教授）から、いままでゼミや自分の研究で取得した知識や、博士論文のテーマと将来のキャリア計画について質問を受けます。この試験にも問題なく合格することができましたが、ほんとうに厳しい試練でした。これらの試験に落ちてしまうと、もう一度ゼミを履修せねばならず、博士論文の研究をはじめる許可が下りないのです。この試練を潜り抜けてようやく、私は正式に博士候補生として認められたのでした。

論文研究の指導教員と調査のための東京滞在

博士候補生は、二学期目の後期までに論文研究の指導教授を決めなければなりませんでした。指導教授の資格は、自分の研究分野での立派な研究と出版の実績があることも、また大学院生の指導に関する知識とその論文研究に対する興味でした。私は、異文化コミュニケーション研究の大家であるハウエル教授と、比較経営学の研究で有名なイングランド教授に指導教授をお願いしました。

ハウエル教授とはハワイで出会ってすでに親しい関係でしたが、経営学部のイングランド教授は、ミネソタ大学に来てはじめてお会いした先生でした。この先生は九州大学の教授グループと、日米のマネージャーの価値観についての共同研究をしていました。このふたりの教授にお願いしたのは、私の論文研究が「日米の合弁会社における人事考課と社内のコミュニケーション」という、人事管理とコミュニケーションの両分野を跨ぐ研究だったからです。

私がこの論文研究をはじめた一九六八年頃、日本経済はアメリカ経済に押される一方でした。日本政府は、日本のビジネスがアメリカの経済力と先端技術に圧倒されるのを恐れて、百パーセント外資系の会社設立を許可しませんでした。したがってアメリカの会社は、日本の会社との合弁という形態で日本進出をしていたのです。資本の割合は、日本側が五十一パーセント、アメリカ側のパートナーが四十九パーセントというのが相場で、社長は日本人、副社長がアメリカ人という仕組みになっていました。そして専ら、アメリカのパートナーの特許技術を技術提携の契約で日本に導入するという形式が取られていました。

博士論文研究の目的は、未開発の研究問題を探求し、新たな知識を発見して、その学問分野に貢献することです。こうした時代背景のなか私は、合弁会社で働く管理職レベルの社員が、自分の考え方やコミュニケーションの手段などに、アメリカ側からの影響をどの程度受けているかを研究したのでした。

私の分野での博士論文の研究では、オリジナルのデータを収集するという前提条件があり、私はアンケート調査によってデータを収集することにしました。アンケートはまず英文で書き、それをプロの翻訳者に日本語に翻訳してもらいました。そしてこの調査のため、一九六八年の夏に東京に六週間滞在し、合弁会社の住友3M、山武ハネウエル、ウッドウエルガバナー、モービル石油の人事部の協力を得て、アンケートを行なったのでした。貧乏学生の私はホテルに泊まることができず、新婚早々の妹の篤子の借家に泊めてもらいました。真夏でしたから、汗だくで夜遅くに銭湯へ行ったことを覚えています。この期間、家内と息子のマークは、ホノルルにある家内の兄の家に預かってもらいました。

ハワイ大学就職の思いがけないきっかけ

東京で論文研究の調査をしている最中、「太平洋コミュニケーション学会」が開催され、ハワイ大学スピーチ・コミュニケーション科の恩師ライダー教授、エクロス教授、オックスフォード大学准教授の他、数人の先生が参加されていました。この学会で、私は通訳として案内役を務める機会に恵まれたのでした。

ある日の午後、NHKの愛宕山研究所の高山所長とアポがあるから、一緒に行って通訳をしてくれ、とライダー教授に頼まれました。先生はマスコミが専門分野で、日本の教育テレビに非常に興味を抱いていたのです。私は二時間ほどの会議の通訳をして、山ほど研究資料をもらって帰りました。そのときの私の通訳スキルを見て先生は、

「君ほど巧みなバイリンガルで、ふたつの文化習慣と言語を自由自在に跨げる人はいないだろうな」と褒めてくださったのでした。

そしてその日の夕食の席で、「博士論文の研究が終わったら、ハワイ大学に就職しなさい」というありがたいお言葉をいただいたのでした。こうして、のちに一九七〇年の一月からハワイ大学のスピーチ・コミュニケーション科で准助教授の職をもらうことになったのですが、このときの通訳のお手伝いが幸運にも、私の就職のきっかけとなったのです。

アンケート調査のデータ分析と論文執筆

東京で研究データを収集して九月にミネアポリスに帰ると、データの分析をはじめました。この作業はコンピューターを使った統計分析でしたが、私は統計学を学んだことがないので、途方に暮れてしまいました。

そこで私は、大学のコンピューター室で指導員をしていた大学院生にお金を払って手伝ってもらうことにしました。その頃のコンピューターは、データの入力は手書きで、それを何百枚ものパンチカードに転記してから、そのカードをコンピューターに入れて計算し、結果をプリントアウトするという、とても原始的な仕組みのものでした。

そのうえワープロも無く、論文は電動タイプライターで打っていました。間違えれば消しゴムを使い、脚注がページからはみ出せばそのページを打ち直さねばならず、まったく面倒な作業でした。最後に提出する論文は、プロのタイピストを雇って清書してもらわなければなりませんでした。

論文を書き上げるまでには、指導教授に原稿を送り、何度も書き直しをします。私は一九七〇年の一月から、結局まだ博士論文を提出するまえにハワイ大学の准助教授として働いていましたから、論文の完成に六カ月もかかってしまいました。

とにかく四苦八苦して完成させた論文を、五人の指導教授全員に読んでもらうために郵送しました。もし、特に異議がなければ、最終口頭試問の日程が通知されます。私は無事通知を受け取り、一九七〇年七月二十八日の午後、「ファイナル・ディフェンス（最終防衛）」と呼ばれる、論文の最終口頭試問を受けることになりました。

ファイナル・ディフェンスの厳しさ

ファイナル・ディフェンスでは、自分が苦労して論文にまとめた、三百五十頁以上に及ぶ私の汗と涙の結晶である研究を、五人の教授からなる審査団の攻撃から文字通り防衛しなければなりませんでした。この最後の難関に不合格となってしまえば、もう一度研究の一部をやり直すことになってしまいます。五人の教授のうち三人は、自分がゼミでお世話になった人ですが、二人は他学科から招聘された教授で、私の論文を読んではいるものの、私自身は面識のない、言ってみればオブザーバー役でした。つまり、学科内で教授と学生のあいだに癒着や不正がないかを確かめる第三者です。

私は、三時間も五人の教授からの質問攻めに遭い、冷房の効いた部屋にいても冷や汗が止まりませんでした。質問は、日本でのアンケート調査のプロセス、理論的な裏付け、分析の方法、分析の結果、この研究の異文化コミュニケーションの分野への貢献度と多岐にわたり、最後には自分の将来のキャリア計画などにも及びました。全員の教授からの質問が終わると、「部屋の外で待機するように」と指示されました。部屋のなかでは、私の論文と口頭試問での回答を検討して、指導教授全員が無記名で投票するそうです。ひとりでも反対があれば、学位の授与に「待った」がかかります。

ひたすら祈るしかありませんでしたが、ほんとうに幸いなことに、指導教授全員から肯定の評をいただき、ミネソタ大学スピーチ・コミュニケーション科で初の日本人博士号授与者となることができました。部屋から出て来た教授のひとりひとりが「おめでとう」と握手をしてくださったときは、嬉し涙がボロボロこぼれ出てしまいました。このときの感激は、いまでも思い出して「感無量」と言うほかありません。まったく素晴らしい、そして輝かしいひと時でした。

主任教授のハウエル先生に、「先生のおかげで無事、博士号が取れました」とお礼を言うと、先生は「よく頑張った。自分が一生懸命努力したのだから、自分を褒めてやりなさい」と答えてくれました。口頭試問のときに意地悪な質問をしてきた教授も、「おめでとう。グッドラック」と合格を祝ってくれました。そのなかの三人の先生から、ランチやディナーの招待を受けました。

これで私もようやく学者の仲間に入る資格を手に入れ、お世話になった教授方と共同研究ができることになったのです。

第十章

ハワイでの教育活動からアジアへ

ハワイ大学での教育活動

ようやくミネソタ大学から博士号を取得し、准助教授から助教授に昇格したことで、家族を連れてハワイに帰り、母校のハワイ大学スピーチ・コミュニケーション科で教鞭をとることになりました。

スピーチ学を担当する日本人教授は私がはじめてでしたから、他の教授たちや学生たちの目を引いたにちがいありません。私が博士号を取得した一九七〇年代は、日本の高度経済成長期に当たり、アメリカの学者たちが日本を賛美する本を書いた時代でもありました。特に有名になった本としては、エズラ・ヴォーゲル教授の『ジャパン・アズ・ナンバーワン　アメリカへの教訓』や、ウィリアム大内先生の『理論Zアメリカのビジネスは日本の挑戦にどう応えられるか』などがあり、これらは日本のビジネスのノウハウを高く評価していたのです。

ハワイでは、日本からの不動産投資と日本人観光客の誘致に対して非常に積極的でした。経済界でのハワイから日本に対するこうしたアピールが、私が数々の講演やコンサルタントの依頼を受けるきっかけになったのです。

一例を挙げますと、一九七一年六月二十日、ハワイ州経済開発局がスポンサーとなって開催されたビジネスマン・ランチ・フォーラムの基調講演として、「日本人ビジネスマンの仮面を剥ぐ」というタイトルでお話ししたことがありました。これにはたいへんな反響があり、『ホノルル・スター・ブレテン』紙で取り上げられもしました。するとスター旅行社のマネージャー時代の私を知っていた友人から電話がかかってきて、「和夫というのは昔のあの和夫かい？」と言われました。小さな旅行会社のマネージャーが、新聞に載るような講演をする大学教授になったのですから、この転身ぶりにさぞ驚いたことでしょう。

ありがたいことにこの新聞記事が発端となり、総十八社の銀行、不動産会社、投資会社から出資を受けた研究費による研究の成果として、一九七二年に三修社コミュニケーションズ社から『ハワイ不動産投資ガイド　ハワイ不動産業の概要と必須専門用語の解説』という著書を出版することができたのでした。

このほかにも、以前に八年間も旅行関係の仕事をした経験を生かし、ハワイ観光協会の協力も得ながら日本人観光客の研究をして、『海外の日本人観光客』という著書を一九七三年に出版します。また、シカゴで開催されたスピーチ・コミュニケーションの大会では「タテ社会における対人コミュニケーション　日本のケース」と題した論文に関する研究発表をして、好評を得ました。

ハワイに帰った家族の生活

私がハワイ大学に就職して活躍できることに、ハワイ生まれの家内と息子はもろ手をあげて大喜びでした。

家内は近くに住む兄の家族と姉の家族と、ほとんど毎週末のようにディナー・パーティーを楽しむようになり、息子はホノルル動物園やワイキキビーチ、シーライフ・パークなどに行っては従妹たちと遊んだりして、快活になっていきました。私はやっと十分な収入を得ることができるようになったので、「もうベビーシッターに預けない」という約束をし、これを守ることができたのです。かたや家内はというと、共稼ぎの兄夫婦の娘であるカレンとスーザンのベビーシッターを引き受けるようになっていました。

さて、ようやくハワイに落ち着いて生活ができるようになったところで、もうひとり子供が欲しい、という思いが私たち夫婦には芽生えてきました。そう思いはじめた矢先に、神様が女の子を授けてくれたのです。博士号を取得してから一年後の一九七一年六月四日に、可愛い娘が生まれました。スペイン語で「美しい」を意味するリンダと名づけ、朝早く生まれたので「朝日のように美しい」という意味を込めて、暁美というミドルネームを付けました。ひたすら可愛がって育てたこの女の子はやがて、じつに親思いの立派な娘に育ってくれました。

JAIMSのコンサルタントとなる

ある日、中央太平洋銀行の頭取の石井一夫さんを訪問した際、日本の富士通がハワイに経営学の学校を開校することを知りました。つい昨年に設立五十周年となったJAIMS（Japan-America Institute of Management Science）で、日米マネジメント研究所です。国際的なビジネス人材を育成し交流させることを目的として創設されたJAIMSは、当時日本とアメリカの主たる中継地点であり、多種多様な民族と文化を擁するハワイをその設立地に選んだのですが、石井さんは、そんなJAIMSのコンサルタントに私を推薦してくださったのです。

まずは富士通から派遣された北里幸志郎さんと渡辺恒弘さんに紹介されました。お二人りはハワイカイの校舎ビルがまだ建設中だったので、ハワイの高級住宅街であるカハラ・モールの仮設校舎で、第一期生のゼミを監督していたのです。

ＪＡＩＭＳは独自の教員は雇用せず、ハワイ大学の社会教育課との契約に基づいて、ハワイ大学の教員たちに教鞭をとってもらっていました。私もまた、コンサルタントの仕事のみならず、ビジネス・コミュニケーションの授業を火曜日と木曜日に教えることになり、ハワイカイのキャンパスが落成してからは、小さな研究室ももらうことができました。生徒たちは三十歳前後の中堅のビジネスマンで、富士通と関連会社の男性社員でしたから、じつに教え甲斐があり、楽しい経験でした。

コンサルタントとしての仕事は、主にアメリカ本土から来た生徒の企業見学をエスコートしたり、生徒のアドバイザーとなることでした。一度はハワイ・キャンパスでなく、アリゾナのサンダーバード大学院に富士通の渡辺課長を案内し、見学を共にするという、忘れ難い体験もありました。

しかし、一九七六年六月まで勤務したＪＡＩＭＳでの講師として最も深く胸に刻まれている楽しい思い出は、退職後、設立二十五周年を記念するパーティーで再会した初期の教え子のひとりから、私に教わったアメリカのビジネス・コミュニケーションのノウハウが、彼がアメリカの会社で働くのに非常に役立ったと、お礼を言われたことです。彼はアメリカの大手企業の役員になれたとのことでした。自分の研究も大切ですが、教育に携わるなかで得られるこうした喜びも、また格別のものです。

一九七四年夏、東南アジア訪問と異文化研究

ながらくアメリカ市民として生きながら、日本人というアイデンティティをもつ、つまりアジア人でもある私は、日本に近い東南アジア諸国の文化習慣にも強い関心をもっていましたが、不意に香港、タイ、シンガポールとマレーシアを訪問する機会に恵まれました。

最初に訪れた香港は、高層ビルや高層マンションが建ち並ぶ、人口密度の高い都市でした。まずは香港の観光局を訪問し、日本人観光客の動向について質問し、情報を集めようとしました。

ところが、担当のマネージャーの若いイギリス人は、日本人観光客についてはあまり知識がないようでした。宿泊したヒルトン・ホテルでも、水道水が飲めないので、湯沸かしをするか、ボトル詰めの水を使わねばならず、不便な思いをしました。幸い、

ハワイ大学での教え子の家族から、有名なペニンシュラ・ホテルの素晴らしいランチに招待され、豪華な食事を楽しむという機会もありましたが、当時の香港はまだイギリスの植民地でしたから、そうした施設の顧客はほとんどイギリス人でした。その後はタクシーですこし観光を試みたものの、このタクシーには日本のタクシーのような料金メーターがなく、運転手も広東語しか話せないので困りました。この季節の香港はたいへんな蒸し暑さでもあり、楽しい旅行体験とは言い難いものがありました。

二、三日後はタイのバンコクに赴き、弟の友人のタイ人学生に会って観光をしました。仏教国であるタイには、日本人の私でも驚いてしまうほど数多くの仏教寺院があることが新鮮だったことを覚えています。ただ、タイの食物にはほとんど決まって唐辛子が入っていたので、そうした辛い食物に慣れていない私は、いささか閉口しました。

次いでシンガポールに飛び、日本人が経営するアポロ・ホテルに宿泊しました。朝食をとるためにレストランに降りて行った私を待っていたのは、思いもかけぬ再会でした。なんと、そこには大塚豊さんがいらっしゃったのです。

大塚さんは、かつてパンアメリカン航空会社東京本社の会計事務所に勤務し、津田英語学園の講師もされていて、私がとてもお世話になった恩人です。まさかシンガポールで再会するとは思いもかけず、お互いたいへんな驚きようでした。私がアメリカで博士号を取得してハワイ大学の助教授になったと話すと、「アメリカの大学では簡単に博士号を取れるのかな？　それともあなたには隠れた才能があったのかしら」とからかわれました。

彼はいまや千代田化学のシンガポール支店長で、東南アジア諸国で石油精製所の建設に携わっているのでした。シンガポール経済発展に貢献した業績を認められて、リー・クアン・ユー首相から表彰された、とても優秀な日本人ビジネスマンです。ご自宅に招待され、ご家族にお会いし、夕食を共にしたりなど、短いあいだではありましたが、このたびもいろいろとお世話をしてくださいました。富士通のシンガポール工場、東京銀行のシンガポール支店、シンガポール商工会議所と日本人学校を共に訪問することができました。

そしてたまさか、大塚さんがマレーシアのクアラルンプールへの出張予定があったため、私を同行させてくれたのです。ここでは天然ゴム農園や椰子油農園などを見て回るとともに、数人の日本人ビジネスマンにインタビューをして、現地の生活についての話を聞くことができました。

この国は主にムスリム教徒のマレー人と中国人が住んでいて、互いに宗教上のタブーを熟知していなければならないことに、深い興味を覚えました。ムスリムの従業員は豚肉を食べられませんから、中国人と同じ食事は出せないのです。それから、左手で物を手渡すこともタブーでした。

短期間ではありましたが、この一九七四年夏の東南アジア訪問は、私の異文化コミュニケーション研究にとって、非常に重要なものとなりました。この旅で経験した日本人旅行者としての不便や、異なる文化をもつ人々の共生の在り方を直に目撃したことが、のちにお話しする、私の観光学研究の基礎となったように思います。

そしてこの旅を経験することで私は、かつては一度離れたアジアへ、ふたたび接近してゆくことになったのでした。

第十一章　ハワイと日本の架け橋となる

通訳能力と旅行会社経験を生かして

一九七四年、ジョージ有吉が日系人最初のハワイ州知事に当選し、ながらく白人の知事ばかりを選出していたハワイの旧弊を破ったのでした。同じ年に日系人の松田富士夫氏がハワイ大学の総長に任命され、マノア本校の学長には、ダグラス山村教授が着任することになりました。

そんななか、私はバイリンガルであるというだけでなく、昔取った杵柄とでもいいましょうか、旅行会社時代のコネクションもあったので、ハワイ大学上層部の管理職と、日本の大学との交流を橋渡しする役割を頻繁に務めることになったのでした。

たとえば、ハワイ大学の松田総長が日本大学に表敬訪問をした折に、ホテルニューオータニのトレーダーヴィックス・レストランでディナー・パーティーが開催されることになり、その段取りと通訳を務めました。

日本大学の医学部とハワイ大学の医学部との交換研究留学の交渉の場でも、通訳とまとめ役に指令されました。その返礼として、日本大学は私を客員教授として招聘してくださったのでした。契約は英会話を週に二コマ、月曜日と水曜日に教えるだけという易しいもので、私は一九七六年十月から翌年六月まで、家族を連れて日本に滞在することになりました。その際、日本大学医学部の事務局長の池田健司さんに家族ぐるみでたいへんお世話になったご恩は、いまでも忘れていません。

日本大学との関わりはもうひとつ、スクーリングを毎夏ハワイ大学のキャンパスで行なっていた通信学部とのあいだにもありました。親しくさせていただいた学生部長の久恒正雄先生が、東京滞在中は懇切にお世話をしてくださいました。五歳だった娘のリンダを「ミス・リンダ」と呼んで、とりわけ可愛がってくださったことが、微笑ましく思い出されます。そのほか、土浦日大分校の英語の先生方に、英語の発音を教えるアルバイトの仕事などもありました。

話がすこし横道に逸れますが、日大医学部招聘による長期滞在中には、実家の親兄弟とも再会・交流の機会がありました。父は息子がハワイ大学の教授だと自慢して歩いていたようです。

ところが、六十年以上住んでいた家の立ち退きを迫られた父が、ちょうど私が東京で暮らしていたのをいいことに、苦し紛れに私との連名で売買契約書を作ってしまったのです。

私は不動産を売買するほどのお金などもっていませんでしたから、これは予期せぬ非常事態でした。そこで、友人の並木亮太郎さんに事情を話してご相談したところ、二つ返事で全額を無利子でお貸しくださったのでした。おかげさまで大事に至らず、恥もかかずに済みましたが、これは苦い経験でした。並木さんとは、次女の理恵さんのハワイ大学留学のお世話を三年前からしていた間柄だったのです。並木さんご夫妻はほんとうに親切な方々で、週末に柏市の自宅に私の家族を招待してくださいました。息子のマークと娘のリンダは、行くたびに玩具を買ってもらえるのを楽しみにしていたようです。

日本には、ほかにもお世話になった方が何人もいらっしゃいます。モービル石油の人事部長だった横山哲夫さんは、『人事部ただいま13名』という著書を出版されて有名になった方で、とりわけアメリカの人事管理に興味をおもちであったため、私との出会いをとても喜んでくださったものです。彼は私に「卒業後は合弁会社なんかに就職などしないで、教授として多くの生徒に教えなさい」と言って、私に教育者として歩むことを誓わせた人物でもあります。その誓いを守ったご褒美に、私が東京に来たときには、ハイヤーで出迎えてくれて最高級のディナーでおもてなしをしてくださいました。その後も誓いを守り、教授としての道を歩む私を、横山さんは伊豆にあるモービル石油の研修センターでの異文化コミュニケーション講座に招聘してくださるなど、常に手厚く支援してくださったのでした。

東京寝台株式会社の社長の近藤龍観さんも、お名前を挙げずにはいられないひとりです。近藤さんは、ホノルルのイリカイ・ホテルのマンションの一室に投資をされていた方で、長男の利康さんをハワイ大学の特別英語科に一年間留学させる際、私がお世話をしたという間柄でした。利康さんは留学から帰国後、パイオニアの国際担当部に就職できたとのことで、懇切なお礼をいただいたのでしたが、このたびの東京滞在時には、父の家の登記やその他諸々の問題に関し、意を尽くしたご助言をしてくださったのです。裕福なビジネスマン限定のプライベート・クラブに招待していただくなど、貴重な経験もさせてくださいました。

さて、春学期は授業がなくて時間がありましたから、日本語で本を書くことを思いつきました。そこで、自分の留学の経験をまとめて『アメリカ留学成功の秘訣 教授が教える勉強法と学生生活』というタイトルの本と、旅行関係の仕事をした経験を生かして『アメリカ・トラベル英会話』という本を書いたのでした。どちらの本も一九七七年に三修社から出版され、とりわけ『アメリカ留学成功の秘訣』は好評を博し、この本を読んで留学されたという先生に南山大学での学会でお会いしたこともありましたし、十八版も版を重ねたようです。

こうして、一九七六年から翌年にかけての日本滞在は、私にとってじつに有意義な時間となったのでした。

東海大学との交流

一九七七年の新学期からはハワイ大学のスピーチ・コミュニケーション科に戻って教鞭をとりはじめた私は、しかしすぐさま日本の他の大学との橋渡し役も引け受けることになりました。以前から交流のあった日本大学に加えて、東海大学との交流にも携わることになったのです。

東海大学との関係の端緒は、ハワイ大学に留学されていた東海トラベルビューローの社長である五條義和さんの紹介でした。当時東海大学九州キャンパス長だった松前達郎先生が、私を特任教授として招聘したいとのことで、霞が関ビルにあった東海大学の会館で、五條さんの仲介でお会いしました。

松前先生の最初の要請は、ハワイ大学の卒業生を二名、英語講師として九州キャンパスに派遣することでした。二年契約のその業務はというと、英会話の授業はもちろんのこと、ポスターや音楽などの大衆文化を通じて東海大学の学生にアメリカの文化習慣を紹介する、アメリカ文化ルームでの活動を担当することでした。この要請を受けて私は、日本に興味があり、日本での生活を実地に体験したいという希望者を、ハワイ大学の教え子のなかから選んで派遣することになったのです。この派遣制度はハワイの学生にたいへんな人気を博し、松前先生が総長に就任されるまで、じつに十年以上も続きました。

また東海大学は野球の強豪校として有名で、一九七八年春にハワイで開催されたレインボー・ベースボール・トーナメントにも参加しました。その際私は、のちに読売ジャイアンツで三塁手として大活躍し、現在は監督も務める原辰徳選手の父上である原貢監督の依頼で、通訳と東海大学チーム・メンバーのお世話をしたのでした。お弁当を手配したり、水やスナックなどを調達したりして、原監督と選手と共に、ダッグアウトに一週間も頑張ったものです。選手のなかには、すでに有名人となっていた原辰徳選手その人もいらっしゃり、東京放送局のインタビューの通訳も、私が引き受けました。当時十二歳だった私の息子のマークも、バットボーイの役目を務めて頑張っていました。

一九八〇年の夏には、東海大学総長の松前重義先生が、世界柔道連盟の会長としてハワイの柔道大会のために来訪され、私は松前会長の大会でのメッセージを通訳したり、夕食会の手配やその他諸々のお世話を務めることになりました。この夕食会には、日本柔道連盟会長の山下康裕氏も参加されました。彼は一九八四年のロサンゼルス・オリンピックで金メダルを獲得した方ですが、一九八〇年はモスクワ・オリンピックのボイコット騒動があり、オリンピックに参加できなかったのでした。

私の教授人生のなかで最も喜ばしかった経験は、一九八〇年七月十四日、著書の『国際ビジネス・コミュニケイション』出版記念会を、東海大学の支援により、東海大学校友会館で開催していただいたことです。この出版記念会には父と母、そして二人の妹も来てくれましたし、大学関係の友人や、私を支援してくださるビジネスマンの方々が多数お祝いに来てくださったのでした。この本は、正教授資格の申請の際に提出し、昇進の決め手ともなった大切な本で、ビジネス・コミュニケーションの授業の教材にもたびたび使いました。

東海大学パシフィック・センター創立に携わる

こうして東海大学と緊密な関係を築いていくなかで、学長の松前達郎先生ともどんどん親しくなっていき、ときおりご自宅を訪問するような間柄となったのでした。

ある日のこと、先生のお宅近くの寿司屋で夕食を共にしていたとき、私はハワイ大学に留学する日本人学生の多くが、宿舎がなくて困っていることを話題に出しました。日本大学の国際部がホノルルに分校を建てる話が一度はあったものの、話だけで終わってしまっていたのです。それを聞いた松前学長は、「それじゃ東海大学が建てるよ」と間髪入れずにおっしゃったのでした。

すでに数年前、東海大学はデンマークに東海大学ヨーロッパ・センターを設立していましたから、今度はハワイにパシフィック・センターを建設するというのは、東海大学にとって有益なことであると、松前学長は即座にお考えになったのでしょう。当時はホテルやゴルフコースの買収からマンションの建設まで、日本からハワイへの不動産投資が盛んな時代でもありました。日本の大学では、大阪の枚方市にある関西外国語大学がハワイ・キャンパスをホノルルにすでに設立していて、大々的に学生を募集していたのでした。日本の大学がハワイに拠点を作るというのは、決して非現実的な話ではなかったのです。

しかも、ハワイで大規模な不動産投資をしていた長谷川工務店の現地社長を務めていた板清水勝郎さんが、たまたま東海大学建築学科の卒業生なのでした。このご縁がもとで清水さんが、長谷川工務店が所有するカピオラニの土地を、東海大学パシフィック・センターの候補地として松前学長に売り込みました。この土地はワイキキに近く、アラワイ運河に沿っていて、しかも市営の野球場が隣接しているという良質な土地でしたから、数ヵ月の交渉ののちには、この計画を進めることが決定されたのです。

私は東海大学のこの計画に大賛成でしたから、実現のため懸命に協力し、行動しました。一九八七年秋学期から一九九〇年春学期までの二年間、ハワイ大学を休職し、東海大学の代表として長谷川工務店と協力して、建築許可の申請や公聴会での説明、設計図の作成など、あらゆることに携わりました。当時、日本の不動産投資にハワイ住民が公聴会で反対することがしばしばありましたから、ホノルル政府から建築許可を取るのはひと苦労でした。しかし、とにもかくにも一九八八年春、キャンパスの建築開始に漕ぎ着けたのです。

私の夢は、東海大学パシフィック・センターを全寮制のホテル・スクールにして、日本人学生と東南アジアの学生に、ホテルとレストランのマネージメントを教えることでした。ワイキキのホテルやレストランでインターンシップが可能な環境ですから、将来の観光産業の人材養成には最適の拠点となるだろう、と信じていたのです。

ハワイ大学のカピオラニ短期大学では、ホスピタリティ・プロジェクトと呼ばれるプロジェクトでホテルとレストランで働く人材を育成していましたから、ハワイ大学副学長のジョイス角田先生は、パシフィック・センターのプロジェクトに積極的に協力することを約束してくださいました。東海大学の福岡短期大学学長の唐津一先生も、ハワイに観光学科ができるのを期待されていました。財務部長の小郷義明さんは、ハワイを英文科専攻の拠点、東海大学附属高校の修学旅行先、東海大学の卒業クラブとして使用するなど、さまざまなアイデアをおもちでした。

こうした方々のサポートを受けつつ、私はこのプロジェクト成功のため、多忙を厭わず努力しました。移民専門の弁護士を雇い、大切な学生ビザ発行の許可をアメリカ移民局に申請をし、認可を取りました。それから、ハワイ州の学校法人に関する固定資産税の法律を調べて、固定資産税免除の手続きを公認会事務所に依頼して認可を取る、ということもしました。この二つの認可が、学校を運営するのに最も肝要なことだったからです。

東海大学本部とのすれ違いとハワイ大学への帰還

さてしかし、パシフィック・センターのカリキュラムについて本部に相談し、さまざまな提案をしても、はっきりした返答がまったくありません。のちに判明したのですが、創立者の松前重義総長が、このプロジェクトに全面的には賛成していなかったのでした。学長の松前達郎先生が、東海大学役員の一部派閥の反対を押し切るかたちで、東海大学パシフィック・センターのプロジェクトを推進していたのです。創立のために必要な手続きをとにかくこなしているうちに、煮え切らないまま、開校式の日を迎えることになりました。

ところがこの開校式が、惨憺たるものに終わってしまったのでした。カワイアハオ教会のウィリアム・カイナ牧師が、二年前の鍬入れ式で使ったノートを忘れてしまい、事もあろうに松前重義総長と松前達郎学長の名を、祈禱の場で読み上げなかったのです。あまつさえ彼は、ただ覚えていたというだけで、テープカットの列にも出ていない男である西山和夫、つまり私の名は読み上げたのでした。祝賀パーティーはアラモアナ・ホテルにハワイ側の来賓と東海大学幹部とをお招きして盛大に行なわれましたが、私はこの大失態に肝を冷やして、凄まじい不快感に苛まれました。

この事件はカイナ牧師個人の失態であったにもかかわらず、一九八九年三月某日、松前達郎学長から直接の電話を受け、私は解雇されたのでした。ここに一九七五年以来二十五年間続いた友好関係に、ピリオドが打たれたのです。しかし、この解雇の年に息子のマークは東海大学の修士課程を修了することができましたし、父の葬儀の際には、東海大学からじつに立派な献花をいただきました。幕切れは残念なかたちではありましたが、東海大学に対する感謝の思いは、いまも胸に刻まれています。

こうして東海大学からは離れることになってしまったのですが、振り返ってみると、ハワイ大学へ戻れたことは、結果として幸福なことでした。東海大学本部において私が、ハワイ分校の副学長ではなく、国際関係学部の一教授として登録されていたことをのちに知ったというのが、その大きな理由のひとつです。

私のあとで派遣された矢野肇さんは、「東海大学には針の筵に座らせられたよ」とのちに打ち明け話をされました。私の仕事を引き継いだリチャード小崎先生はハワイ大学の短期大学の人で、東海大学パシフィック・センターを短期大学に変えてしまったのです。日本ではただでさえ少子化のために短期大学閉鎖が相次いでいましたが、日本人学生をハワイへ誘致することの難しさを知らなかったのでしょう、東海大学ハワイ校は結果として不成功に終わり、現在はオアフ島中部のカポレイにあるハワイ大学分校の一部に移転して、運営を縮小されました。さらに二〇二三年四月のニュースによると、ホノルル市郡政府が三十七億ドルで買収し、低所得者のためのアパートに改築するそうです。

ともかく、私はハワイ大学のスピーチ・コミュニケーション科の教授に復職し、学生に人気の「文化とコミュニケーション　日本とアメリカ」の講義を復活させ、楽しくやり甲斐のある仕事に戻ることができました。年収一万四千ドルの特別昇給の恩恵も受けました。そしてハワイ大学に戻ってからは『日本人観光客の誘致戦略』を執筆し、一九八九年にGinn Pressから出版して、ハワイの観光業界はもちろん、オーストラリアの観光開発でも活用されるなど、観光産業に少なからぬ貢献をすることができたのです。

第十二章

香港とシンガポールでの客員教授経験

香港大学での経験

話は九〇年代に飛びますが、一九九六年から一年間の研究休暇を利用して、香港大学とシンガポールの南洋工科大学で一学期ずつ、客員教授として教える機会に恵まれました。一九七四年の東南アジア訪問経験もありましたから、日本以外の東南アジアの国に暮らし、他の文化習慣を肌で感じる絶好のチャンスを与えられたのです。

まず嶺南大学の友人からの紹介を受け、一九九六年の秋学期に香港大学日本研究科の客員教授として教えることになりました。香港大学は香港最古の大学で、非常に権威のある立派な大学です。私が担当した授業は、日本文化と日本語の二コマでした。学生は一年生十五名と少人数で、講義は英語で行ないました。香港の学生たちは、ハワイの学生に比べれば積極的な質問などはあまりしませんが、たいへん真面目な性格でした。香港では大学受験の競争率が高く、偏差値の高い学生だけが大学に入学できるので、日本と同じく予備校があるということも知りました。香港の大学に入れない子供たちは、オーストラリアやイギリスに留学するのだそうです。

さて、この学科を専攻する学生たちは、日本語を流暢に話すことができ、日本語の読み書きが巧みで、日本の文化、歴史、文学、美術、音楽、科学などの知識を得るため、学業に励んでいました。卒業生の就職先は、ジャーナリスト、客室乗務員、通訳、接客業など、日本語能力を十分に発揮できる企業でした。実際、日本航空は毎年、数十人の客室乗務員を香港で募集しているとのことでした。

教員には、日本語を教える日本生まれの五人の先生と、日本研究をしているイギリス人の博士数人とがいました。そのなかでも特にお世話になったのは原武彦講師で、香港の生活に慣れない私を助けてくれました。学内には教員食堂が二ヵ所あって、洋食と中華料理のどちらかを選ぶことができると知り、香港の食習慣に馴染めない私はとても助かったのでした。

香港での生活

香港は香港島と、中国本土に隣接した新界にわかれています。一九七七年当時の総人口は四、五八四、七〇〇人（二〇二三年現在は、七、四九一、六〇九人に増加しています）、人口密度は一キロ平方メートルあたり四、二八四人でした。そのうち外国人居住者は四パーセントで、残りの九十六パーセントは広東語を話す中国人です。また、英語を話せる人口は四十六パーセントと過半数以下で、道に迷ったときや、英語のメニューのない食堂に入ったときには、しばしば苦労をしました。ひとりで飲茶を食べに行くときなどは、隣の席の人が食べているものを指差して頼んだり、飲茶カートに行って自分で選んだりしてなんとかしていました。タクシーに乗るときには、漢字で書いた行き先を運転手に渡すなど、知恵を絞りました。

幸いなことに、比率のうえでは外国人居住者は非常に少なく見えますが、数として見るなら、香港には日本人が二十三万人も住んでいて、日本の大手スーパーマーケットのドン・キホーテや矢田スーパーマーケットなどが香港に進出していますし、日本食レストランもたくさんあり、じつのところ、日本人に住みよいところです。ユニクロの大型店もあれば、日本の化粧品会社も支店を出しています。香港人は日本食品や日本製品が大好きなので、日本に好感をもっています。

また、香港には電車、地下鉄、バス、トロリーバスのほか、ミニバス、さらにはフェリーボートと、じつに多種多様な交通手段があることに感じ入りました。ミニバスは小型の十人乗りで、決まったルートを走り乗客を拾ってくれる便利な乗り物です。しかし、降りる場所に着く数分前に、あらかじめ運転手に声をあげて合図しなければなりません。運転手はせっかちな人が多いので、注意が必要でした。

タクシーは、香港島と新界の両方で営業できる赤塗りの車と、新界だけで営業が許可される緑塗りの車、そして飛行場のあるランタオ島だけを走る青塗りの車と、三つの種類がありました。香港島にタクシーで行くときには赤塗りの車に乗らなければなりませんから、常に車の色に気をつけていました。

私は新界のゴールド・コーストに住んでいたので、まずはフェリーボートで香港島のセントラル波止場に行き、そこからミニバスに乗り換えて、香港大学に通っていました。フェリーボートが一時間、ミニバスが十六分の通勤でした。ときどきフェリーボートのスクリューにゴミがひっかかって途中で止まってしまうなど、ハラハラすることもあったことが思い出されます。

香港の出稼ぎ労働者たち

香港で暮らしていて驚かされたのは、多くの外国人のメイドが香港の家庭生活を支えていることでした。ほとんどの家庭は共稼ぎで、普通のサラリーマンでもメイドを雇っているというのです。香港政府の監督する雇用契約書の基準に従って、二十万人以上のフィリピン人メイドが二年契約で働いています。インドネシア人メイドも十五万以上働いているとのことでした。

彼女たちの月給は米ドルにして約六百ドルで、住み込みで働くことに決められています。仕事は一日十二時間、日曜日は休日と定められていますが、住み込みで働いていますから、結果的には二十四時間勤務になるようなこともままあり得るとのことでした。住み込みのメイドを雇うというのは、共稼ぎの場合には、たしかに便利にちがいありません。

しかし、どうしてフィリピン人とインドネシア人の女性が二年間も家族を離れて香港に仕事に来るのだろう、と不思議に思いました。その理由を尋ねると、自国があまりに貧しく、出稼ぎに来た香港で収入があれば、国元の家族に仕送りできるからだというのです。ある日のこと、若いフィリピン人メイドさんにインタビューしたところ、夫と三歳の娘をフィリピンの田舎に残して、自分は香港で働いて仕送りをしているのだと話してくれたことを記憶しています。家族と別れて来るのはよほどの事情があり切羽詰まってのことだとはいえ、とても気の毒に思いました。

日曜日にセントラル地区の高層ビル街に行くと、何百人ものメイドさんたちが莫蓙を敷いて座り、食事をしたり話し合ったりしていました。そこには母国に送る物を受け付けて発送する運送会社のトラックが来たり、香港ドルの両替店などがあったりするのでした。私にとってはじつに新鮮だったその光景は、いまもありありと思い出されます。

貧富の格差が非常に大きいことにも、ひどく驚きました。およそ約四兆五千億円の資産をもつと言われ、香港最大の企業集団である長江実業グループの創設者兼会長である李嘉誠をはじめとして、十人の大富豪が財界をコントロールしているのです。セントラル地区や香港島の全島に高層ビルが建ち並び、マンションなども決まって高層ビルです。香港は世界ランキングでシンガポールに次ぐ第三位の人口密度ですから、不動産開発に関わる少数の富豪が、こうした高層ビル開発によって、独占的に富を得ることができたのでした。

異文化コミュニケーション研究に携わる私にとって、ハワイとも日本ともまったく異なる香港という文化圏での生活体験は、非常に刺激的なものでした。

シンガポール・南洋理工大学での経験

香港大学に次いで、一九九七年の春学期は、シンガポールの南洋理工大学に客員教授として招聘され、ホテル観光学科で教鞭をとることになりました。きっかけは一九九六年の秋、私がロンドンからの帰途でシンガポールに立ち寄り、この大学で日本人観光客の誘致について講演したことでした。この講演にはシンガポールのホテルの経営者や従業員も招待されていて、たいへん好評でしたから、講演が終わるとすぐに、客員教授として来てほしい、と学科長のデンファン教授から言われたのです。

また、私は一九九六年にハワイ大学出版会から『日本人観光客を歓迎する　見識・秘訣・戦術』という著書を出版し、日本人観光客に関する研究の権威と認められていましたし、シンガポールの観光業界にはハワイ大学観光学科の卒業生が何十人も活躍していて、ハワイ大学教授である私を歓迎してくれたのでした。

一九五五年創立の南洋大学がシンガポール国立大学と合併した際にキャンパスを引き継ぐかたちで設立された南洋工科大学が、一九九一年に国立教育研究所と合併することで新設された南洋理工大学は、シンガポールの中心から西に十五キロ離れたジュロン地区にある、シンガポールで一番新しい国立総合大学です。建築は高名な日本の建築家・丹下健三が手がけていて、現在でも学生数二万四千名以上、教員数千六百人以上という大規模を誇っています。私が着任したホテル観光学科には、幸いなことにハワイ出身のロバータ・オング講師が働いていて、さまざまな便宜を図ってくださいました。

さて、一九九七年一月二日にシンガポールの空港に到着し、オング先生と落ち合えることを期待していたのですが、あいにく到着が二時間も遅れてしまったせいか、先生は見当たりません。どうも私は、空港での出迎えを受けられない運命のようです。ただ、航空会社の旅客課に「タクシーで宿舎のあるビルに行くように」とメッセージが預けられていて、そこで先生にお会いすることができ、大事には至りませんでした。

私が住むことになった宿舎の部屋は、公営住宅の七階で、3LDKと2LDKを繋いだような、七部屋もある巨大な部屋でした。ここから私のシンガポール生活がはじまったわけですが、このビルのエレベーターは偶数階だけに止まり、奇数階は止まらないシステムになっていたので、私は一階下の六階から階段を登らなければなりませんでした。おそらくここは低所得者のための国営ビルで、大学が海外から来る客員教授のためにリース契約をしていたのでしょう。古い洗濯機はあったものの、乾燥機はありませんでした。大学の校舎まではタクシーで十分ほど、徒歩で四十分ほどかかり、便利とは言い難い環境でした。

翌日、大学へ挨拶に出向くと、私の入る研究室は三階の二〇号室のひとり部屋で、庭がよく見える素敵な部屋だと知りました。ただし、備え付けのコンピューターはまだありませんでしたし、プリンターは共同印刷室でしか使えないとのことでした。二カ月後にコンピューターが支給されるまでは、自分のポータブル・コンピューターを使いました。

講義はいわゆるイギリス式で、週に一度二時間の講義をして、チュートリアルと呼ばれる一時間の授業を週二回行なうというシステムでした。この方式に慣れない私は、適応するのに時間が必要でした。学生たちは真面目に出席してきますが、ハワイ大学の学生のような教員との活発なコミュニケーションはありませんでしたし、シンガポール訛りの英語「シングリッシュ」に慣れるまでは、コミュニケーションに苦労をしました。

また、シンガポールでは男性に二年間の兵役義務があるため、新入生の男子学生は、決まって女子学生の二歳年上でした。それから、卒業後はシンガポールだけでなく、外国でも就職ができるような教育が目指されていて、ホテル観光学科の新入生の面接では、「シンガポールに仕事がなければ、どの国に行きますか」という質問をしていました。

同僚の教員のなかには、アメリカの大学で博士号を取得したインド人が数人いました。優秀なシンガポール人は、収入が比較的少ない大学教授にはならず、不動産開発や金融業を選ぶので、外国人の教授を雇うことが多いのだそうです。私はヒンドゥー教徒のバシイタ教授と親しくなり、夕食と家庭での礼拝に招いていただいたことがありました。一番お世話になった友人はジェラード・ゴンザレスさんで、いまでも連絡をとり合う仲です。彼は南洋理工大学の講師だけでなく、海外のホテルのコンサルタントもしていて、彼の紹介でバリ島のパダマ・ホテルに宿泊し、ホテルのスタッフに日本人観光客の扱い方の講義をしたこともありました。

シンガポールの歴史と人間関係

一学期のみのシンガポール滞在ではありましたが、南洋理工大学との雇用計画を最後まで守り、契約終了時には十パーセントのボーナスもいただきました。そしてただお金を得ただけでなく、さまざまなことを学べました。

シンガポールは一九六五年八月九日に独立した若い国ですが、初代首相のリー・クアン・ユーの主導により、アジアでも有数の経済発展を達成した国です。現在の人口は約五百八十五万人で、そのうち中国系が約七十四パーセント、マレー系が約十四パーセント、そしてインド系が約八パーセントを占め、そのほかにも百四十三万人ほどの外国人技術者と労働者が働いています。たいへんな多人種・多文化社会と言ってよいでしょう。

最も多い外国人労働者はフィリピン人メイドの二十四万人で、次に多いのはインドネシア人メイドの十二万人です。また、建設業に従事するバングラデシュ人やインド人の男性が二十万人ほどいるといいます。シンガポールは極度の労働者不足で、人口の三十八パーセント以上を占める外国人が、その経済活動を下支えしているそうです。日本人居住者は三十二万人ほどで、工場やスーパーマーケット、レストランなどの経営をしています。

このように多人種の集まるシンガポールの社会に、人種間の軋轢という問題があるのは当然のことです。

私が個人的に経験したのは、一九四二年から一九四五年の日本軍による占領期に横行していた非人間的な殺人や強姦を根にもっていたシンガポール人との出会いです。この人は南洋理工大学の教授で、二度も三度も私の研究室まで押しかけてきて、しつこく「あなたは日本軍人でしたか」と詰め寄ってきたのでした。また、ディナー・パーティーの場で、「この家の主は西山先生を歓迎できない」とある教授に言われたこともありました。日本占領軍の悪事のとばっちりが、解放から五十二年を経てなお、一九九七年にシンガポールを訪れた私に降りかかってきたのです。

十二歳で終戦を迎えた私は、日本の軍国主義の罪に直接の責任があるわけではありません。しかし、個人の責任の範疇を超えて常に発生してしまうこうした障害を、なんとか乗り越える架け橋を作ること、あるいは自身がその架け橋になろうとすること――この見果てぬ夢を、みなさんに手渡したいのです。異文化コミュニケーションの研究に、生涯を捧げてきた者として。

エピローグ

一九九七年の秋学期、ハワイ大学のスピーチ・コミュニケーション科にふたたび戻って教鞭をとることにしました。香港とシンガポールでの一年間の客員教授経験を生かし、またハワイで教えることのできる楽しさは、格別でした。担当した授業は、「アジアの文化とコミュニケーション」「日本とアメリカの文化とコミュニケーション」「説得のスピーチ」の三科目でした。

「アジアの文化とコミュニケーション」は、主に香港、韓国、中国、シンガポール、フィリピン、タイなど、東南アジアの国々の文化とコミュニケーションの興味深い特性を取り上げ、調査して討議をする講座でした。とりわけ香港とシンガポールの文化習慣については、一学期ずつ実地の生活体験をしていましたから、実際のエピソードを話してクラスを盛り上げることができました。「日本とアメリカの文化とコミュニケーション」は、私が特に集中して長年研究をしている分野なので、熱が入りました。この授業は非常に人気があったので、五十人限定の二クラスを毎学期教えることになりましたが、大好評でした。「説得のスピーチ」は、講義で説明した説得方法を使ったスピーチを学生が執筆し、練習を重ねてから実際にしたスピーチをテープに録音して、それを分析して採点をするという方式でした。

こうした授業の傍ら、ハワイ大学の出版会から出版する本のための研究をまたはじめました。三十年近く研究・教育してきた日米の比較研究をまとめたこの本は、二〇〇〇年の春に『日本とビジネスをする　文化間コミュニケーションのための成功戦略』のタイトルで出版され、好評を博しています。

その年の六月、六十七歳で引退することになり、三十年に及ぶハワイ大学勤務の報酬として、名誉教授の称号と記念品をいただきました。その後も、竹中工務店の依頼により英語で執筆した『日本における投資　日本のビジネスと習慣の実態入門』を二〇〇四年に、さらにヒルトングラウンド・バケーション・クラブ、タイトルギャランテー会社とファーストハワイアン銀行がスポンサーとなり、日英両言語で執筆した『ハワイ不動産投資　ハワイ不動産産業の概要と不動産専門用語の解説』を二〇〇六年に出版するなど、多忙な生活を送っていました。

＊

こうして自分の生涯を振り返ってきて、気づいたことがひとつあります。私がこの人生で歩んできた道は、何度も降りかかる苦難によって途切れそうになりましたが、そのたびに、私自身の夢が架け橋となって次の道へ繋がれ、なんとか続いてきたのではないか、と。

そして異文化コミュニケーションを専門とする私にとっては、架け橋そのものが自分の夢でもありました。茨城から東京へ、東京からハワイへ、ハワイからアメリカへ、そしてふたたび日本へ、アジアへ——私の歩んできた道が、いまの日本の若者にとっての夢の架け橋となってくれたら、それ以上の喜びはありません。

私がここまで成功できたのは、繰り返しになりますが、たくさんの人々の、数知れぬ助けがあったからです。しかし、すべてのお名前を記すことはできません。この本を書き終えるにあたって、ほんのわずかな恩人たちのお名前をあげて、お礼を申し上げることをお許しください。

誰よりもまず、父に勘当され、神学校の寮で困窮に泣くほかなかった私のネクタイ箱に三千円を隠し入れてくれていた母に感謝の思いを捧げます。そしてハワイ大学留学最初の年に私を三カ月もホームステイさせてくれたドナルド・ローチ夫妻、奨学金の手配と激励をくださったハワイ大学留学生相談室長のマッケイヴ澄江先生、ミネソタ大学での博士号取得を奨励し、教授への道を全面的にサポートしてくださったウィリアム・ハウエル客員教授にも、心の底から感謝致します。

西山和夫　にしやま・かずお

一九三三年茨城県結城市生まれ。パンアメリカン航空を経て、一九六〇年ハワイ大学マノア校に留学、スピーチ・コミュニケーション学士号・修士号を取得。一九七〇年ミネソタ大学でスピーチ・コミュニケーション博士号を取得。ハワイ大学マノア校コミュニケーション学部で教授として三十年間教鞭をとる。現在、同大学名誉教授。日本、香港、シンガポールで客員教授も務める。

主著に『アメリカ留学成功の秘訣——教授が教える勉強法と学生生活』（一九七七年）、『国際ビジネス・コミュニケイション』（一九八〇年）、『アメリカ・トラベル英会話』（一九八二年、以上三修社）、『アメリカ不動産投資——不動産取引の法規と専門用語の解説』（一九八五年、長谷川工務店）、『Welcoming the Japanese Visitor: Insights, Tips, Tactics』（一九九六年）、『Doing Business with Japan: Successful Strategies for Intercultural Communication』（二〇〇〇年、以上ハワイ大学プレス）ほか。

ハワイと日本の架け橋となった日本人教授

二〇二三年十月十七日初版第一刷発行

著　者　西山和夫
装　丁　西田優子
発行者　上野勇治
発　行　港の人
神奈川県鎌倉市由比ガ浜三―一一―四九
〒二四八―〇〇一四
電話〇四六七―六〇―一三七四
ファックス〇四六七―六〇―一三七五
www.minatonohito.jp

コーディネート　カンナ社
印刷製本　シナノ印刷
ISBN978-4-89629-424-8
©Kazuo Nishiyama, 2023 Printed in Japan